Paul Ingendaay
Die Nacht von Madrid

Paul Ingendaay

Die Nacht von Madrid

Erzählungen

Piper München Zürich

Mehr über unsere Autoren und Bücher:
www.piper.de

Von Paul Ingendaay liegt im Piper Verlag außerdem vor:

Die romantischen Jahre
Gebrauchsanweisung für Spanien

MIX
Papier aus verantwor-
tungsvollen Quellen
FSC® C014496

ISBN 978-3-492-05617-5
© Paul Ingendaay 2013
© Piper Verlag GmbH, München 2013
Gesetzt aus der Caslon Book
Satz: Kösel, Krugzell
Druck und Bindung: GGP Media GmbH, Pößneck
Printed in Germany

Für Sue, Greta und Julián

Auf der Hochzeit eines Freundes

Wie die Droschkenkutscher von früher, sage ich gern. Wir
hocken vorn und fahren alle, die uns darum bitten. Natürlich
haben wir gegenüber den alten Zeiten einen Vorteil. Wir
sitzen warm unter einem Dach und bekommen von den
Elementen nicht viel mit. Wir brauchen keinen Mantel und
keine Mütze. Leider, denke ich manchmal, haben wir auch
keine Peitsche mehr.

Unsere Tage sind lang. Zwölf, dreizehn Stunden, manchmal vierzehn. Wer vernünftig ist, hält in der Mittagszeit an
und setzt sich in Ruhe hin, um was zu essen. Ich mache es so.
Wer nachts fährt, hat es schwerer, aber unmöglich ist das auch
nicht. Man kennt seine Stadt. Man kommt herum und findet irgendwo in Madrid eine Nachtbar, um ein Sandwich zu
essen. Müsste ich nachts fahren, würde ich Aurora bitten, mir
was vorzubereiten, wie sie es früher gemacht hat, als ich noch
im Sägewerk war. Alles schön klein geschnitten, ein Stück
Obst dazu, Plastikdeckel drauf, damit keine Sägespäne dran-
kamen. Ging gut, über die Jahre. Nur als das Sägewerk zu-
machte, musste ich mir was einfallen lassen.

Die Taxilizenz habe ich gerade noch gekauft, als sie billig
war. Mein jüngerer Bruder kaufte das Ding ein paar Jahre
zu spät und konnte nicht aufhören zu fluchen. Er ist ein un-
glücklicher Taxifahrer geworden, mein Bruder, nicht ganz im
Gleichgewicht. Wir haben uns länger nicht gesehen.

Ich merke mir Gesichter und Stimmen, das ist mein Sport. Manche Fahrgäste erkennt man nicht leicht, besonders im Winter, oder sie lesen nur Zeitung und sagen nicht mal fünf Worte, wenn sie bezahlen. »Hier, nehmen Sie«, sagen sie und »Danke«, wenn ich ihnen die Quittung gebe. Das macht keinen Spaß, diese Abfertigung. Mein Taxi ist keine Hühnchenbraterei. Dann muss ich mir sagen, dass auch die Mürrischen zu meiner Sammlung gehören. Dass sie meine Sammlung, ich sag jetzt mal, bereichern. Sobald ich mir das klarmache, ist es gut.

Mein System ist leben und leben lassen. Ruhig bleiben, sich nicht einmischen. Nicht über Fußball reden. Aber vor allem ruhig bleiben. Über die Jahre wird das immer schwerer. Einmal, ein einziges Mal, habe ich mich in etwas eingemischt, weil ich nett sein wollte, und es gab eine Katastrophe. Ich denke noch heute darüber nach. Der Fall war sogar in der Zeitung. Frau geht bei einer Hochzeit mit dem Messer auf ihren Ex-Freund los. Ein geladener Gast, Enrique C. M. So nannten ihn die Zeitungen. Die Frau war nicht eingeladen. Blut auf seiner weißen Hemdbrust, ich hab die Bilder gesehen. Und alles nur, weil ich nett sein wollte.

Der Mann war einer von der alten Schule, wie man sie kaum noch sieht, groß, Mitte dreißig, wie in einer anderen Epoche aufgewachsen und mit tadellosen Manieren, als hätte ihn eine Zeitmaschine an diesem schönen Vormittag in mein Taxi geschleudert. Er saß auf der Rückbank in seinem hellen Sommeranzug mit dem weißen Hemd und der blauen Krawatte, sorgfältiger Haarschnitt, und wollte plaudern. Ich hab mich gefreut.

Er fragte, wie das Leben so wäre. Ich sagte, das Leben ist gut. Mehr sage ich zu so was nicht. Dann sage ich: »Man kämpft sich so durch.«

»Man muss weiterkämpfen. Darauf kommt es an.«

Ich will gerade antworten, da sagt er: »Entschuldigung, ich müsste kurz telefonieren. Ich hoffe, es macht Ihnen nichts aus.«

»Nein«, sage ich, »natürlich nicht. Telefonieren Sie, bitte.« Ich habe nicht oft Fahrgäste, die sich entschuldigen, bevor sie telefonieren. Er wählt also seine Nummer, und dann redet er von einer Hochzeit draußen in Somontes, auf der er am selben Abend eingeladen ist, die Hochzeit eines gewissen Nacho. »Weißt du schon, was du anziehst?«, fragt er. Ich vermute, das ist seine Frau oder Freundin. »Das Orangefarbene? Hast du denn einen orangefarbenen Hut? Ah, ja. Ich dachte, du würdest dich für das Grüne entscheiden. Ich finde beide zauberhaft … Doch, im Ernst … Was? … Nein, da besteht absolut keine Gefahr. Alicia wird nicht da sein. Wenn sie nicht mit mir kommt, kommt sie gar nicht. Nacho lädt sie doch nicht allein ein. Um ehrlich zu sein, er hat sie nie besonders gemocht. Allmählich müsste sie begriffen haben, dass es zu Ende ist.«

Ich tue so, als hörte ich nichts, und gucke geradeaus. Dann kommt die Rede wieder auf ihr Kleid.

»Es gibt noch einen dritten Kandidaten?«, sagt er. »Damit hatte ich gar nicht gerechnet … Ja, aber du musst wissen, worin du dich am wohlsten fühlst, Schatz. Nichts zu Schweres. Wir wollen doch tanzen … Oh, nein, nein. Ich bin sicher, du wirst die Braut ausstechen, egal, was du anziehst … Gut, ich hole dich dann ab. Wie verabredet.«

So spricht er mit der Frau, die er zur Hochzeit von Nacho mitnehmen will. Ich sage mir, wird seine Freundin sein, weil er sie abholt. Und diese Alicia schwebt noch im Hintergrund, vielleicht seine Ex. Ich lag goldrichtig, wie sich später herausstellte.

Im Allgemeinen interessieren mich Telefongespräche von Fahrgästen nicht. Ich höre weg oder stelle leise Musik an. Die

Betonung liegt auf leise. Aber diesmal habe ich hingehört. Nicht wegen der Einzelheiten von Nachos Hochzeit. Sondern weil mir der Ton meines Fahrgastes so gefiel. Er hatte Humor, aber er war auch höflich und zurückhaltend. Ritterlich, mit einem alten Wort. Ich sag ja, er war in der Zeitmaschine gekommen. Da saß ein Ritter auf dem Rücksitz, und ich fragte mich nach diesem Telefongespräch, wie kommt er wohl nach Somontes? Nimmt er seinen eigenen Wagen? Dann kann er nichts trinken. Er ist der Typ, der vor dem Essen gern einen amerikanischen Cocktail trinkt, ich konnte ihn mir am Tresen von Chicote vorstellen. Also braucht er ein Taxi.

Das war schon mein Fehler, könnte man sagen.

Man denkt, die Jahre machen einen klüger, aber das stimmt nicht. Die Jahre machen einen blöder. Das ist wegen der Spannkraft. Die meisten Kollegen, das wollte ich sagen. Die meisten Kollegen schaffen es nicht. Werden krank, weil sie das Tempo der Stadt nicht aushalten, sie kriegen ein Magengeschwür oder was am Herzen. Wenn ihnen nicht was Schlimmes bei der Arbeit passiert, das gibt's auch. Mir ist noch nie was Schlimmes bei der Arbeit passiert.

Ich sehe in den Rückspiegel und überlege, ob ich das Gespräch mit meinem Ritter wiederaufnehmen soll. Ich könnte die Rede auf Nachos Hochzeit bringen. Und ob der Herr ein Taxi nach Somontes braucht. Könnte ihm auch einen zuverlässigen Kollegen empfehlen, der ihn nachts wieder abholt und nach Hause fährt, wenn er und sein Schatz genug getanzt haben.

Ich überlege immer noch, wie ich es am besten mache, da sagt er: »Gehen Sie gern auf Hochzeiten?«

»Ja«, sage ich. »Es ist lange her, dass ich auf einer war. Aber ich mag Hochzeiten.«

»Wie lange arbeiten Sie heute Abend? Sie könnten mich abholen. Wir müssen raus nach Somontes.«

Zu Nachos Hochzeit, hätte ich fast geantwortet, ich weiß!
»Bis zwanzig Uhr«, sage ich.

»Das würde ja passen. Wie steht's? Können Sie mich um neunzehn Uhr in Salamanca abholen? Anschließend fahren wir zur Wohnung meiner Begleiterin. Und wenn Sie uns in Somontes abgeliefert haben, fahren Sie nach Hause und machen Feierabend.«

Dann sehe ich ja, welches Kleid sie gewählt hat. Und welchen Hut. »Einverstanden, gern.«

Und er nennt mir seine Adresse in der Nähe der Plaza |
Marqués de Salamanca.

Die Adresse passt zu ihm. Ich will damit sagen, er hat sie verdient.

»Kennen Sie Somontes?«, frage ich.

Ich schaue ihn im Rückspiegel an, so oft ich kann, weil mir sein Mienenspiel gefällt. Das Wenige, was ich im Spiegel sehen kann. Jetzt geht ein Lächeln über sein Gesicht, er hat diese feinen Kerben in den Wangen, die manche Männer schon früh bekommen, er sieht männlich aus, aber irgendwie auch vornehm, als würde er gut nachdenken, bevor er etwas tut.

»O, ja«, sagt er. »Ich kenne Somontes.«

Ich fahre und lächele in mich hinein. Dieser Mann, sage ich mir, bekommt einen Ehrenplatz in meiner Sammlung. Mit solchen Männern will man öfter fahren.

»Der gute Nacho ist ein ziemlicher Rabauke«, fährt er fort. »Der Bräutigam. Nicht unbedingt das, was sich anspruchsvolle Mütter für ihre Töchter wünschen. Aber wenn man ihn braucht, ist er da. Ich wäre bis nach Australien geflogen, um bei Nachos Hochzeit dabei zu sein. Natürlich will ich es mir auch nicht entgehen lassen, mit der Braut zu tanzen.« Jetzt lacht er. »Die Bräute unserer Freunde können sehr wichtig werden.«

»Ein Rabauke … Was meinen Sie damit?«

»Ein bisschen wild«, sagt er, als wäre er auf die Frage vorbereitet. »Ungestüm. Ein Mann mit Leidenschaften. Nicht immer ein scharfer Denker, das nicht. Manchmal sogar ein ausgesprochen träger Denker. Aber der Freund seiner Freunde. Und unermüdlich. In manchen Situationen sind das die wichtigsten Eigenschaften.«

Natürlich frage ich mich, welche Situationen er jetzt meint, irgendwelche Frauengeschichten? Duelle, Schlägereien? Das Wort »Rabauke« hört man nicht mehr oft. Wie mein Ritter auf der Rückbank es ausgesprochen hat, da klingt es, als spräche er von seinem jüngeren Bruder.

»Sie haben das gesagt, als wäre Nacho Ihr kleiner Bruder.«

Das gefällt ihm, er lächelt wieder. »Da sagen Sie was! Es würde sich lohnen, darüber nachzudenken. Manchmal glaube ich, Nacho und ich, wir wechseln uns in den Rollen des großen und kleinen Bruders ab. In manchen Dingen übernimmt Nacho das Kommando, und ich überlasse es ihm gern. In anderen wieder ich. Jeder weiß, was der andere am besten kann. Somontes zum Beispiel ist das Werk des kleineren Bruders. Wie um alles in der Welt kommt Nacho auf die Idee, seine Hochzeit in Somontes zu feiern?« Er schüttelt den Kopf.

»Was ist gegen Somontes einzuwenden?«, sage ich. »Es gibt eine Cart-Bahn, alles. Für die Kleinen ist gesorgt. Und der Garten, wenn die Tische gedeckt sind und die Kerzen auf den Tischen stehen, der Garten ist sehr romantisch.«

»Mein lieber Freund, beim besten Willen. Nein! Für diesen besonderen Tag sollte einem doch etwas anderes einfallen. Somontes hat keinen Stil. Es wird nicht Nachos einzige Stillosigkeit bleiben.« Er lächelt. »Und nicht seine einzige Hochzeit, wie zu befürchten steht. Aber das ist Nacho. Ich will ihm da nicht hineinreden. Soll er seine Romantik und die Cart-Bahn haben. Wir fahren nach Somontes und werden tanzen und die Feier genießen.«

Na ja, zum Tanzen kam er dann nicht mehr. Aber das konnte er nicht wissen.

»Könnten Sie mich bitte an der Ecke rauslassen?«

Ich halte an, da streckt er mir schon die Hand mit dem Geldschein hin. Der neue Schein zwischen Zeige- und Mittelfinger ist einmal gefaltet, und seine kräftige Hand berührt meinen Arm. Nur ganz leicht, wie eine Erinnerung daran, dass er die Formen kennt. Ich sehe die Hand und den Geldschein und weiß, dass er das oft macht.

»Danke«, sagt er. »Ich zähle heute Abend auf Sie.« Er wiederholt die Adresse. »Hat mich gefreut, Ihre Bekanntschaft zu machen.«

Er will noch etwas sagen, habe ich das Gefühl, es sind vielleicht wichtige Stunden in seinem Leben, und er ist sich dessen bewusst. Mein Instinkt sagt mir, dass es um seine Freundin geht. Manchmal teilen wir die wichtigsten Augenblicke mit Fremden nur deshalb, weil sie in dieser Sekunde zur Verfügung stehen. Aurora hat sich darüber schon öfter beklagt. Sagt, warum war ich nicht bei dir, als dies oder jenes geschah? Warum ist der geliebte Mensch oft fern von uns, wenn Gott uns prüft?

Was meinen Ritter betrifft, bin ich eigentlich ziemlich sicher. Seine Liebe, sie ist jung. Unter seiner perfekten Hülle von Aufmerksamkeit und Eleganz spüre ich fast den zitternden Jüngling, der mich am liebsten in eine Bar mitnehmen würde, damit ich ihm zuhöre, wie er ihr Loblied singt. Über seine Freundin mit den drei Kleidern will ich nicht urteilen, aber er, der in meinem Taxi saß, befindet sich in einer vorentscheidenden Phase. Ich könnte mir sogar denken, dass er sich schon gefragt hat, wie es wäre, mit seiner Kleiderfreundin zusammenzuziehen. Was wäre daran so unwahrscheinlich? Seine Wohnung in der Nähe der Plaza Marqués de Salamanca dürfte dafür groß genug sein, und wenn es eine von den alten ist, hinter denen die Diplomaten so her sind, ergibt sich die Aufteilung der Räume ganz von selbst. Das Büro mit den eingelassenen Bücherregalen aus Nussbaum für ihn. Das große Ankleidezimmer für sie.

Als er schon ein paar Meter entfernt ist, dreht er sich noch einmal um. Er kommt an mein Fenster, beugt sich hinunter und sagt: »Was glauben *Sie* denn, was meine Begleiterin heute Abend tragen wird? Das Orangefarbene? Das Grüne? Das Cremefarbene? Oder etwas ganz anderes?« Er lacht, klopft mit der flachen Hand aufs Dach und geht davon.

Ich rühre mich nicht. Er hat mir einen Blick zugeworfen, als wäre ich sein Komplize.

Also, es gibt sehr gute Tage, das wollte ich sagen. Damit meine ich nicht den Straßenverkehr oder die Baustellen. Der Madrider Straßenverkehr kennt seine Wellen, und ich kenne sie auch. Und vor den Baustellen sind wir machtlos.

Mit guten Tagen meine ich Tage für meine Sammlung. Wenn Gesichter und Stimmen Kontur bekommen. Wenn man das Gefühl hat, an etwas Schönem und Wichtigem teilzunehmen. Im Moment der Entstehung, sozusagen. Das kann das Glücksgefühl eines Fahrgastes sein, wie ich es mit meinem Ritter auf dem Rücksitz erlebt habe, ein Überschwang, der einen eleganten Herrn dazu bringt, mit seinem Taxifahrer zusammen darüber nachzudenken, welches Kleid seine Freundin auf Nachos Hochzeit tragen wird. Es kann aber auch ein tragischer Augenblick sein, eine Stunde der Not und Bedrückung. Was zählt, ist die Teilnahme. Ich spreche von meinem Berufsstand. Wenig enttäuscht mich so sehr wie Gleichgültigkeit unter Taxifahrern.

Ich gebe mal ein Beispiel, das ich kaum eine Stunde später erlebte. Eine junge Frau steigt zu, gehetzt, aufgeregt. Sie will zum Bahnhof Chamartín. Als wir fahren, sehe ich, dass sie den Tränen nahe ist. Sie atmet zu schnell, guckt aus dem Fenster, beißt sich auf die Nägel. Das mit den Nägeln kapiert jeder von uns am ersten Tag. Wir sind ein Volk von Nägelkauern. Aber diese Frau, ein Mädchen, hätte ich fast gesagt. Die kaute nicht nur, die aß. Sie aß ihre Nägel auf, während wir fuhren.

»Wie läuft's denn so?«, sage ich.

»Oh, Mann, beschissen«, sagt sie. Sie klingt jung. »Richtig beschissen. Ich weiß nicht, wie ich ihm das erklären soll.«

»Na«, sage ich, »so schlimm wird's schon nicht sein.«

Ein blöder Satz, aber er hilft.

Sie fängt sofort an zu erzählen. Dass sie gerade ihre Arbeit verloren hat und nicht weiß, wie sie es ihrem Mann sagen soll, der seine Arbeit einen Monat zuvor verloren hat. Na, sie kriegt ein Kind, das muss ich erwähnen. Dass sie ihren Mann in den letzten Wochen damit getröstet hat, dass sie ihre Arbeit noch hat, auch wenn er auf der Straße steht. Das war ihr Trost, ihrer und seiner. Und der Trost, er ist jetzt weg.

Ich konnte ihr nicht viel helfen. Nur raten, sie soll es ihm nicht am Telefon sagen. Sie soll am Bahnhof einen Kaffee trinken, sich fassen und in Ruhe den Nahverkehrszug nehmen. Dass Aufregung es nicht besser macht. Allgemeine Weisheiten, auf die jeder auch selbst kommen könnte, aber die nicht immer zur Verfügung stehen, wenn man sie braucht. Als sie ausstieg, ging es ihr etwas besser. Sie sagte sogar: »Danke.« Die zweite Hälfte der Fahrt, das wollte ich sagen. Die zweite Hälfte der Fahrt hat sie nicht mehr an den Nägeln gekaut.

Ein bisschen schade ist, dass ich kaum ein Gesicht wiedersehe. Man wünscht sich das, klar. Man könnte sich begrüßen und ein freundliches Wort miteinander wechseln. Macht das Ganze persönlicher. Aber in Madrid haben wir mehr als achtzehntausend Taxis. Das kann sich jeder leicht ausrechnen, wie unwahrscheinlich es da ist, sich wiederzusehen. Jeder muss selbst wissen, wie er sich auf so einem anspruchsvollen Arbeitsgebiet Verbindungslinien schafft. Deswegen hab ich mich auch so gefreut, als die Frau, die gegen halb fünf nachmittags in Chamberí zugestiegen ist, das Wort »Somontes« erwähnt. Bis dahin habe ich kaum zugehört, während sie auf der Rückbank telefoniert. Aber bei dem Wort »Somontes« spitze ich die Ohren.

»Nein, er hat gesagt, er ist in den Tagen nicht in Madrid und kann nicht hingehen. Eine Geschäftsreise nach London … Was? Weil er mir sonst davon erzählt hätte, deswegen. Jeder nennt es, wie er will, Carmen, ich nenne es Reflexionsphase. Wir müssen in Ruhe über uns nachdenken. Überleg mal, wie es zwischen dir und Antonio war, als ihr diese lange Zeit … Nein, aber er ist ausgezogen, weißt du noch? Und irgendwann wart ihr wieder zusammen … Gut, Carmen, jede Beziehung ist anders. Bei uns sind es jetzt drei Wochen … Meinetwegen, drei Wochen und zwei Tage … Also, das kann ich mir eigentlich nicht vorstellen. Das hätte er mir doch gesagt … Nein, das glaube ich nicht. Das ist nicht seine Art.«

Ich beobachte die Frau im Rückspiegel, während sie telefoniert. Und ich muss sagen, sie gefällt mir. Sie hat ein leichtes, eng geschnittenes Sommerkleid an, und wenn ich sage, hellbraun, dann kann man sich darunter nicht so viel vorstellen. Ich weiß. Aber sie gehört zu den Frauen, die eigentlich alles tragen können, weil ihnen alles steht. Ich sehe täglich eine unglaubliche Zahl von Frauen, aber wenige wie diese. Zuerst frage ich mich, ob sie wirklich Spanierin ist, ihr Haar ist so hell, aber dann sagt sie noch ein paar Sätze, und ich habe keinen Zweifel mehr. Einmal sehe ich ihr im Rückspiegel direkt ins Gesicht, das ist, als sie mit ihrer Freundin am anderen Ende der Leitung nicht einverstanden ist, sie widerspricht ihr, und dann tut sie etwas, was sie bestimmt nicht für mich tut, sondern für sich selbst, was sie auch allein zu Hause täte und was ihr Freund oder ihre Familie und ihre Bekannten sicherlich gut an ihr kennen. Sie zieht eine Grimasse und rollt die Augen.

Und dann sage ich den Satz, den ich mir seitdem schon oft vorgeworfen habe. Ich sage: »Nachos Hochzeit scheint ja eine Riesensache zu werden.«

Ein paar Sekunden lang herrscht Schweigen im Taxi. Dann sagt sie: »Sie kennen *Nacho*?«

»Kennen wäre zu viel gesagt. Aber ich habe viel von ihm gehört. Von einem Fahrgast heute Vormittag. Ich sag mal, heute Abend werden viele Taxis nach Somontes aufbrechen.«

»Das glaube ich auch«, sagt sie. »Nacho mag es groß. Sie scheinen ja über ihn Bescheid zu wissen, also sage ich Ihnen nichts Neues. Je mehr Taxis, desto besser.« | 17

»Das wird ein riesiger Auftrieb«, sage ich. »Ich fahre auch hin. Die Nachtfahrt überlasse ich aber jemand anderem. Wenn die Herrschaften den letzten Tanz beenden, liege ich schon im Bett.«

Was ich zu ihr eigentlich sagen will, ist etwas anderes. Ich will sie fragen: Wissen Sie denn schon, was Sie anziehen werden? Haben Sie auch drei Kleider im Schrank, zwischen denen Sie sich nicht entscheiden können?

Selbst da hätte noch alles gut werden können. Aber ich Idiot muss mich aufspielen und mache weiter, nur um das Gespräch mit dieser sympathischen Frau nicht abbrechen zu lassen. Ich schätze sie auf Anfang dreißig. Sie erinnert mich ein bisschen an meine Aurora vor zwanzig Jahren, auch wenn Aurora nicht so helles Haar hat.

»Ich bin sicher«, sage ich, »Somontes ist seit ein oder zwei Jahren für den ganzen Sommer ausgebucht.«

Ich bin nicht stolz auf diesen Satz. Was verstehe ich davon, ob Somontes »für den ganzen Sommer« ausgebucht ist? »Seit ein oder zwei Jahren«? Wenn man es nicht genau weiß, sollte man den Mund halten und das Schwadronieren anderen überlassen. Also, ich bin selbstkritisch. Ich hätte mit der Frau in meinem Taxi keine Unterhaltung führen sollen. Aber nun waren wir einmal mittendrin, unsere Fahrt war noch längst nicht zu Ende, und ich hatte das Gefühl, sie findet Gefallen daran.

An diesem Punkt mache ich den eigentlichen Fehler, zumindest habe ich mir das später so erklärt. Ich schaue ihr in die Augen, so gut sich das im Rückspiegel bewerkstelligen lässt, und sage: »Nacho soll ja ein ziemlicher Rabauke sein.«

Sie reagiert nicht direkt. Sie sieht aus dem Fenster und beißt sich auf die Unterlippe. Dann nehme ich eine ruckartige Bewegung wahr, als fiele ihr etwas auf den Boden. Sie beugt sich hinunter und murmelt: »Ah, hier.«

»Alles in Ordnung?«, sage ich.

»Danke, alles bestens.«

Aber das stimmt nicht. Sie sieht wieder aus dem Fenster mit einem Ausdruck, den ich nicht deuten kann, wir kennen uns ja kaum, jedenfalls ist sie jetzt anders als zuvor. »In sich gekehrt«, etwas in dieser Richtung. »Gedankenverloren«. Immerhin kaut sie nicht an den Nägeln. Also, selbst wenn ich gewusst hätte, was am Abend auf Nachos Hochzeit passiert, würde das an meinen Beobachtungen nichts ändern. Ich habe die Frau gesehen, die ich gesehen habe. Punkt. Und ich kann beschwören: Sie dachte über etwas nach.

»Das hat er gesagt? ›Ein Rabauke‹? Was für ein ungewöhnliches Wort. Man hört es nicht mehr oft.«

»Eben«, sage ich. »Das habe ich auch gedacht. Ich habe den Herrn gefragt, was er damit meinte.«

»Und was meinte er?«

»Einen Mann mit Leidenschaften. Einen ungestümen Mann, der nicht immer nachdenkt, bevor er handelt.«

»Ihr Fahrgast scheint Sie ja mächtig beeindruckt zu haben«, sagt sie und lacht. Dann sieht sie wieder mit diesem gedankenverlorenen Ausdruck nach draußen.

Ich sage, ja, das hat er, der Mann war ungewöhnlich, und ich beschreibe ihn ihr. Es stellt sich heraus, dass sie ihn kennt,

wie sie sagt, ein Freund von Freunden, man war schon mal in
größerer Runde zusammen essen, sie erinnert sich gut, ein
angenehmer Mann, der eine sympathische Begleitung dabei-
hatte. Wie schön, dass man sich auf Nachos Hochzeit wiedersehen wird.

Aber sie wirkt nicht wie ein Mensch, der sich freut.

»Über die Begleitung kann ich nichts sagen, er hat nur mit
ihr telefoniert. Die Begleitung muss sich noch zwischen ver-
schiedenen Kleidern entscheiden. Scheint eine größere logis-
tische Operation zu sein.« Ich lache, um meinen Witz zu
verharmlosen und klarzustellen, dass er nicht gegen einen
Menschen gerichtet ist, den ich nicht kenne.

»Jetzt erinnere ich mich«, sagt sie. »Ich glaube, er hat sich
vor Kurzem von jemandem getrennt. Er heißt Enrique, wenn
wir denselben Mann meinen. Dann muss die Frau mit den
vielen Kleidern seine neue Partnerin sein. Ich kann verstehen,
dass er sie mitnehmen und seinen Freunden vorstellen will.
Sicherlich ist sie hübsch.«

»Mein Eindruck war«, sage ich, »dass Nacho die Neue
noch nicht kennt. Alicia, die Verflossene, die kennt er wohl.
Er scheint aber nicht gut mit ihr zurechtgekommen zu sein.«

»Das hat er gesagt?«

»Das hat der Mann gesagt, ja. Enrique. Alicias ehemaliger
Freund. Ich nenne ihn meinen Ritter, weil er so ungewöhnlich
gute Manieren hatte. Man sieht sehr viel in diesem Beruf.
Erlebt schreckliche Sachen. Da freut man sich, mit ange-
nehmen Menschen zu tun zu haben. Mein Ritter jedenfalls
zählt darauf, dass Alicia nicht zu Nachos Hochzeit kommt.
Er war sich sogar ziemlich sicher, denn seine neue Begleitung
machte sich deswegen Sorgen. Sie will natürlich nicht mit der
Ex zusammentreffen.«

»Das kann ich verstehen«, sagt die Frau. »Das wäre eine
unangenehme Situation für alle Beteiligten. Am Ende kann

ja auch niemand etwas dafür. Wenn man sich trennt, bleiben Wunden zurück. Dann ist es das Beste, wenn man sich eine Weile nicht sieht.«

»Wenn diese Alicia so dächte wie Sie«, sage ich, »wäre alles gut. Aber wer weiß, welche Erfahrungen Enrique mit der eifersüchtigen Alicia gemacht hat? Ich habe mich das gefragt. Da könnte es eine Vorgeschichte geben.«

»Meinen Sie?«, sagt die Frau. »Darüber habe ich noch gar nicht nachgedacht. Aber im Ernst. Was könnte einer Frau in so einer Lage denn in den Kopf kommen? Wenn der Mann weg ist, ist der Mann weg. Dann bleibt nur, die neuen Umstände zu akzeptieren.«

»Ja«, sage ich. »In der Theorie stimmt das. Aber wenn Sie wüssten, was ich schon gesehen habe.«

»Was denn, zum Beispiel?«

Die Frau ist jetzt richtig bei der Sache, und ich freue mich, dass unsere Unterhaltung so interessant verläuft.

»Verbrechen aus Leidenschaft«, sage ich.

»Sie meinen Mord?«

»Versuchter Mord jedenfalls.« Ich bemühe mich, es nicht dramatisch klingen zu lassen. »Ich habe schon gesehen, wie Messer gezogen wurden. Von Wortwechseln und Beschimpfungen ganz zu schweigen. Was glauben Sie, wie oft die Menschen sich in meinem Taxi streiten?«

»Aber wenn jemand im Taxi ein Messer zieht, dann muss er die Tat geplant haben.«

»Er oder sie«, sage ich.

»Wie bitte?«

»Es gibt auch Frauen, die zustechen«, sage ich. »Mehr, als man glaubt. Übrigens nehmen die meisten Täter Rücksicht auf meine Sitzpolster. Wenn einer das Messer zieht, tut er es meistens draußen.«

»Er oder sie«, sagt die Frau und lacht. »Es gibt auch Frauen, die zustechen!«

Wir lachen beide. Unsere Fahrt vergeht wie im Flug.

Als ich mir während der nächsten Pause am Taxistand die angenehmsten Gespräche des Tages in Erinnerung rufe, sage ich mir: Der Ritter von heute Vormittag und die hübsche Frau am Nachmittag, die würden ein sehr nettes Paar ergeben. Da ist etwas in ihnen, was sie verbindet, eine Art des Umgangs, eine gewisse Eleganz, die Zugehörigkeit zur selben Welt. Es geht ihnen gut im Leben, könnte man sagen, beiden, über Geld brauchen sie sich keine Sorgen zu machen.

Ich stelle mir vor, was gewesen wäre, wenn die beiden sich bei jenem Abendessen in größerer Runde näher kennengelernt und ihre Telefonnummern ausgetauscht hätten. Oft ist es nur eine Kleinigkeit, die fehlt, und das Nichtgeschehene hätte sich in Geschehenes verwandelt. In meinen Gedanken jedenfalls hat die hübsche Frau im hellbraunen Sommerkleid die Kleiderfreundin meines Ritters mühelos in den Hintergrund gedrängt. Ich kann mir gar nicht mehr vorstellen, dass er mit jemand anderem zusammenleben könnte als mit der Frau, die bei mir im Taxi saß. Man lernt etwas über den Menschen, wenn man so lange auf den Straßen unterwegs ist.

Pünktlich um sieben Uhr klingele ich bei der Adresse, die der Mann mir genannt hat.

»Hallo?«, kommt es aus der Gegensprechanlage. »Was wollen Sie?«

»Ihr Taxi«, sage ich. »Wir hatten uns verabredet. Ich bringe Sie nach Somontes.«

»Oh, Mist. Das hat der Concierge schon erledigt, glaube ich. Das andere Taxi müsste gleich da sein. Tut mir leid.«

»Aber wir waren verabredet. Erinnern Sie sich nicht? Ich soll Sie zu Nachos Hochzeit bringen.«

»Ja, ja. Der Concierge«, sagt er und macht eine Pause. »Können Sie sich an den Concierge halten? Er arbeitet immer mit demselben Taxiservice. Tut mir leid, da kann ich nichts machen. Lassen Sie sich vom Concierge ein Trinkgeld geben.«

Ich steige in mein Taxi und fahre los. Ganz langsam. Ich rolle um zwei Ecken und bleibe vor einer Weinhandlung stehen. Im Schaufenster sind die Weine sehr schön angeordnet. Ruhig bleiben, sage ich mir. Mein System ist leben und leben lassen. Aber der Mann, den ich meinen Ritter genannt habe, hat sich ausgesprochen rüde und unritterlich verhalten. Was mag bei ihm in den letzten Stunden vorgefallen sein? Ich bleibe sitzen, sehe mir die Weinauslage und Körbe voller Cavaflaschen an. Ich denke über alles nach.

Dann rufe ich Aurora an.

»Lass dich nicht unterkriegen«, sagt sie. »Komm bald nach Hause.«

»Ja«, sage ich. »Ein, zwei Fahrten noch. Dann bin ich da.«

Ich bleibe sitzen und denke weiter nach. Als ich immer noch zu keinem Entschluss gekommen bin, fährt das Taxi, in dem mein Ritter sitzt, an mir vorbei. Der Mann blickt starr geradeaus.

Ich lasse den Motor an und folge ihnen.

Zuerst holen sie seine Begleiterin ab. Die Kleiderfreundin wohnt am Paseo de la Habana. Als sie herunterkommt, sehe ich, dass sie das grüne Kleid gewählt hat, dazu den passenden Hut. Auch ihre Schuhe sind grün. Sie ist hübsch, aber sie wirkt unzufrieden. Sie lächelt nur kurz, als sie auf das Taxi zugeht, obwohl der Mann ausgestiegen ist und ihr die Tür aufhält. Sicherlich hat er dem Taxifahrer gesagt, bemühen Sie sich nicht, ich mache das. Sie tauschen einen flüchtigen Wangenkuss, bei dem sie darauf achtet, dass ihre Lippen nicht seine Haut berühren, vielleicht sagt sie auch, Vorsicht, mein Lippenstift. Dann setzt die Freundin sich vorsichtig ins Auto, sie will nichts zerdrücken an ihrer luftigen Sommerkonstruktion in Grün.

Sie fahren nach Somontes, und es reicht mir, sie in Sichtweite zu behalten. Es gibt viel, über das ich nachdenken muss,

aber am Ende komme ich immer zu der einen Frage zurück:
Warum haben der elegante Mann und die sympathische Frau
im hellbraunen Sommerkleid sich bei jenem Abendessen in
größerer Runde nicht näher kennengelernt und ihre Telefonnummern ausgetauscht? Dann wären wir jetzt alle nicht dort,
wo wir sind. Ich bleibe dabei. Die beiden Menschen, die heute
in meinem Taxi gefahren sind, hatten etwas gemeinsam, eine
Art des Umgangs, eine gewisse Eleganz und Verbindlichkeit,
aber alles ohne Steifheit, im Gegenteil, es herrscht ein locke-
rer Ton zwischen ihnen, beide haben Humor und lachen gern. | 23
Ich sehe es vor mir. Wenn nur die Kleinigkeit nicht gewesen
wäre, die es verhindert hat. Aurora sagt mir immer wieder:
Hör auf, über Geschehenes und Nichtgeschehenes nachzudenken. Nimm nur das Geschehene, und nimm es richtig.
Dann hast du deine Pflicht erfüllt.
    Ich fahre gern nach Somontes. Früher sind Aurora und ich
manchmal zum Abendessen nach El Pardo gefahren, auf derselben Landstraße ein paar Kilometer weiter. Man fühlt sich
wie in einer anderen Welt, weit vor den Toren der Hauptstadt.
Einmal haben wir gesehen, wie ein kleines Mädchen auf dem
Spielplatz vom Klettergerüst fiel und sich schlimm verletzte.
Das war eine Aufregung!
    Wir selbst haben keine Kinder. Aurora trug es am Anfang
nicht leicht, aber wir haben das Beste daraus gemacht. Hin
und wieder haben wir uns um die Kinder anderer gekümmert.
Alle sagen, Aurora macht das großartig. Sie hat diese natürliche Fürsorglichkeit. Aurora wäre eine wunderbare Mutter
gewesen. Sie war auch sofort zur Stelle, als die Sache mit dem
kleinen Mädchen passierte. Also, wir saßen in diesem Restaurant, draußen unter dem Sonnendach. Auf der anderen Stra-
ßenseite war der Spielplatz. Am Nebentisch saßen junge
Eltern, die ihre Kinder aus größerer Entfernung beaufsichtig-
ten. Und dann passierte es. Das kleine Mädchen muss böse

gefallen sein. Es schrie erbärmlich und konnte gar nicht mehr aufhören. Sah aus, als wäre der Unterarm gebrochen. Aurora bemühte sich sehr um die Kleine, aber die Eltern konnten nicht bleiben, sie mussten ihre Tochter sofort ins Krankenhaus bringen.

Ich hab beobachtet, wie der Mann es mit dem Kellner geregelt hat. Die Hauptspeisen waren noch nicht auf dem Tisch. Der Mann muss aber angeboten haben, die vollständige Rechnung zu begleichen, obwohl sie noch kaum einen Happen gegessen hatten, denn der Kellner winkte ab und schüttelte wiederholt den Kopf, nein, das komme gar nicht in Frage, was für ein Jammer, hoffentlich ist es nichts Schlimmes mit der Kleinen. Beehren Sie uns doch bald wieder, und wir werden mehr Glück haben.

Das war eine schöne Szene damals. Sie gab meinem Samstag eine Form. Ich hatte gerade erst im Sägewerk aufgehört und war noch etwas unsicher, was meine neue Rolle betraf. Ich suchte noch nach meinem System, könnte man sagen.

»Solche Leute«, sagte ich zu Aurora, »möchte ich in meinem Taxi sehen. Wie kann ich es schaffen, dass solche Leute in *mein* Taxi steigen?«

Viel kann ich nicht mehr erzählen, nur das, was in der Zeitung stand, und das bisschen, was ich aus ziemlicher Entfernung selbst gesehen habe. Somontes ist eine große Sportanlage, am Wochenende ist hier der Teufel los. Wenn das öffentliche Schwimmbad schließt und das Restaurant seinen Betrieb aufnimmt, kann es ein paar kritische Minuten geben. Die einen wollen weg, die anderen kommen an, es gibt das übliche Rein und Raus auf dem Parkplatz, manchmal auch Gehupe, weil einer die Parklücke nicht trifft. Nichts Besonderes.

Andere Hochzeitsgäste treffen mit uns ein, als wir ankommen. Die Sache staut sich etwas, also bleibe ich zurück, denn ich habe hier eigentlich nichts zu suchen. Ich will nur noch einen letzten Blick auf meinen Ritter werfen, wie er mit seiner Begleiterin hineingeht. Ich will seinen Gesichtsausdruck sehen, vielleicht verraten mir seine Züge etwas über seine Stimmung. Ich bin bereit, ihm zu verzeihen. Jeder erwischt mal einen schlechten Tag.

Ich lasse meinen Wagen stehen und gehe zum Eingang des Restaurants. Es ist immer noch sehr warm. Ich stelle mir vor, ich wäre zur Feier eingeladen. Auf der anderen Seite der Hecke sehe ich den Rasen und die funkelnden Gläser und weiß gedeckten Tische, genau, wie ich es mir vorgestellt habe. Während ich den Kopf recke, ob ich ihn erkennen kann, meinen Ritter, sehe ich plötzlich Unruhe in einer Gruppe, die schon im Garten an den Tischen steht. Dann höre ich einen Schrei: »Das ist ja Blut! Wir brauchen einen Arzt!« Die Gäste laufen jetzt durcheinander, nur dass zwei oder drei auf dem Boden knien, wo ein Mann im dunklen Anzug liegt, aber er liegt so gekrümmt da, dass ich ihn nicht erkennen kann. »Vorsicht, sie hat ein Messer!«, ruft eine Stimme.

Und dann sehe ich sie. Die Frau im eng geschnittenen hellbraunen Sommerkleid. Sie hat sich umgezogen, jetzt trägt sie etwas Tiefrotes, es ist ebenfalls eng, soweit ich es aus der Entfernung sehen kann. Jemand geht zu ihr und hält sie fest. Dann kommt noch jemand und legt ihr die Hand auf die Schulter. Der Mann auf dem Boden dreht den Kopf, und ich erkenne ihn. Sein Gesicht ist schmerzverzerrt, aber mehr noch als das sehe ich seinen Ärger. Er wollte mit seiner Kleiderfreundin tanzen! Er wollte auch mit der Braut tanzen!

Als der Notarztwagen sich einen Weg durch die ankommenden Gäste bahnt, habe ich das Taxi schon gewendet und bin auf dem Weg nach draußen.

Einer der Messerstiche, so lese ich am nächsten Morgen, traf die Magengegend und verursachte starken Blutverlust.

Der Zustand des Opfers war in der Nacht nicht mehr kritisch. Der behandelnde Arzt zweifelte nicht daran, dass Enrique C. M. vollständig wiederhergestellt würde.

Die Zeitungen haben spekuliert, Eifersucht habe Alicia F. G. dazu gebracht, das Messer mit zu der Hochzeitsfeier zu bringen, zu der sie nicht eingeladen war. Als »frühere Gefährtin« von Enrique C. M. sei sie von der wenige Wochen zuvor erfolgten Trennung noch immer »emotional aufgewühlt« gewesen, unfähig, den Gedanken an die »neue Gefährtin« zu ertragen. Aber ich weiß es besser. Die Frau, die in meinem Taxi saß, sie glaubte an etwas, und sie ertrug nicht, dass es verraten wurde. Aurora hat es neulich auch wieder gesagt. Was ist mit der Welt, wenn es keinen Anstand mehr gibt?

Ein Kind

Die Gefahr war vorbei. Cristina hatte den Käfer getötet. Sie war sich fast sicher. Jetzt könnte sie Laura anrufen, Javier anrufen, Menschen, die um diese späte Stunde noch auf waren, aber sie tat nichts, blieb nur mit zitternden Schultern am Küchentisch sitzen, die Finger auf die klebrigen Lippen gelegt. Sie hatte Durst, wagte aber nicht, zum Kühlschrank zu gehen, weil sie dann an *ihm* vorbeigehen müsste. Cristina brauchte nur die Augen aufzuschlagen, dann sähe sie seine Leiche. Ihre Schultern zitterten immer noch. Wie lächerlich, sich von einem toten Käfer einschüchtern zu lassen. Wenn er tot war.

Sie musste jetzt ruhig nachdenken, Herrin der Lage werden, so wie sie vorhin ihre Feigheit überwunden hatte, um sich dem widerwärtigen schwarzen Ding zu stellen, das dort saß, als sie im Nachthemd hereinkam, um sich ein Glas Mineralwasser zu holen. Der Käfer schien Cristinas Schritte im Flur gehört zu haben. Vielleicht kannte er ihren Gang und wusste, dass Vicente nicht bei ihr war und auch nicht so bald kommen würde. Erst übermorgen, mit der letzten Maschine aus Bilbao.

Der Käfer war so groß wie eine Kinderfaust. Deshalb hatte sie ihn nicht zufällig oder nebenbei entdeckt, sondern war vor ihm erstarrt wie vor einem unerwarteten Fremden. Hatte sie geächzt? Einen Laut ausgestoßen, den sie von sich selbst nicht kannte? Der Käfer saß da, als hätte sie ihn bei irgend-einer Tätigkeit überrascht, der er nachts in ihrer Küche nach-ging.

In diesen Sekunden kamen Cristina sinnlose Fragen in den Kopf, nichts zum Weitererzählen: *Wie bist du hereingekommen? Was willst du von mir?* Viel später, als alles vorbei war, spann sie die Fragen weiter und redete sich ein, sie hätte den Käfer gern in ein Gespräch verwickelt, um mehr über seine nächtlichen Gewohnheiten herauszufinden (in Wahr-heit aber, um die Angst, die ihr auf die Kehle drückte, abzu-schütteln). Dann stellte sie sich vor, der Käfer und sie säßen da und lernten einander kennen, wozu auch gehörte, dass sie ihn nach seinem Alter fragte oder danach, wie oft er schon heimlich in ihre Küche gekommen sei. Und ob er vorsichtiger durch die Flure laufe, wenn Vicente in der Wohnung schlafe, Männer können mit Ungeziefer erbarmungslos sein. Und ob er sie manchmal beobachte, ohne dass sie es merke? Noch einmal und diesmal schon ungeduldiger stellte sie ihm die Frage: *Was willst du von mir?*

Den ersten Schrecken, als sie das Küchenlicht anknipste, konnte Cristina mit nichts vergleichen, was sie je erlebt hatte. Das mochte an der Ereignislosigkeit ihres Lebens liegen. Auch Javier hatte ihr gesagt, dass in ihrem Leben nicht genug passiere.

»Aber ich *will* ja, dass etwas passiert«, hatte sie gesagt. »*Du* bist mir passiert, zum Beispiel.«

Javier überhörte das Kompliment. Er war Werbetexter. Javier plädierte dafür, sich in Menschen hineinzustürzen. »Die Temperatur spürst du erst, wenn du schwimmst«, sagte er. Das klang hübsch, fand sie, aber auch reichlich naiv.

Die Größe des Käfers hatte sie so entsetzt, dass sie be-schloss, sie einfach wieder zu vergessen, um sich nicht jede Kraft zum Handeln zu nehmen. Er saß (*saßen* Käfer?, standen sie?) leicht einwärtsgedreht auf dem hellgrauen Steinboden, Richtung Spüle, als hätte er die Möglichkeit der Flucht kurz erwogen und wieder verworfen, um sie, deren häusliche Geräusche er sicher gut kannte, in aller Ruhe zu mustern und sich seine nächsten Schritte zu überlegen. *Seine nächsten Schritte!* Kein Bein durfte der Käfer rühren, das spürte sie, oder sie würde wahnsinnig werden.

Cristina empfand es erst als Beleidigung, dann als Drohung, dass der Käfer sich so viel Zeit nahm. Das leise Ticken der Uhr am Herd musste auch er hören. Was hatten Käfer für ein Gehör? Benötigten sie es, um Gefahren auszuweichen oder Nahrung zu sammeln? Was aßen Käfer überhaupt? Sie hätte gern gewusst, ob das Küchenlicht ihn blendete oder seine Entschlusskraft lähmte. Dann hätte sie leichtes Spiel, dachte sie zwei verlogene Sekunden lang, bevor sie sich eingestand, dass sie mit dem ekelhaften Tier auf ihrem Küchenboden, um halb eins in der Nacht, niemals leichtes Spiel haben würde.

Vicente hätte bestimmt eine Lösung gewusst, nicht nachgedacht, sondern eingegriffen. »Er würde dir heimleuchten, mein Lieber«, sagte sie laut zu dem reglosen, schwarz glänzenden Wesen und schüttelte über den käferlichen Unverstand den Kopf. Ihre eigene Theatralik tröstete sie etwas.

Vicente und sie machten eine schwierige Zeit durch. Sie schliefen nicht mehr miteinander, verhielten sich allerdings rücksichtsvoll wie gute Bekannte und wahrten die Formen. Sie hatte das unbestimmte Gefühl, dass Formen – gute Manieren, die Abwesenheit von Gewalt – eines Tages von ihnen übrig bleiben würden. Ob das gut oder schlecht war, wusste sie nicht, nur dass es half, wenn man so viel reiste wie Vicente und so oft in Madrid zurückblieb wie sie. Wenn man auf Rituale des Abschieds und Wiedersehens angewiesen war.

Vor zwei Jahren hatten sie einmal von Kindern gesprochen.

Sie kamen sich mutig dabei vor und ahnten zugleich, dass ihr Mut schon das Beste an der Idee war. Danach sank das Thema wieder ab. Und jetzt sprachen sie nicht einmal mehr über sich selbst. Vicente wusste, dass er zu oft und zu lange fort war. Schweigsam kehrte er von seinen Reisen zurück. War er zu Hause, strich er durch die Wohnung wie ein Gast, der seine Krawatte verlegt hat. Vor Kurzem sprach er im Scherz von »Kost und Logis«, womit er sein Leben meinte. Dann wurde sein Gesicht ganz ernst. Und dann schwieg er wieder.

Er wusste nicht, dass Cristina sich schon viermal mit Javier getroffen hatte, einmal sogar in Javiers kleinem Appartement. Als sie in jener Nacht in ihre Wohnung zurückkam, zum ersten Mal mit echtem Schuldgefühl, hatte Vicente schon geschlafen. Es war eine seiner doppelt kodierten Botschaften: *Ich schlafe, also vertraue ich dir.* Oder: *Ich schlafe, also halte mich für einen Trottel.*

Der Käfer hatte sich nicht gerührt, seit sie in die Küche getreten war. Er saß, sie stand. Genauer, er saß in der Mitte des Raums, von wo aus er das Terrain kontrollierte, während sie kaum einen halben Schritt in die Küche hinein getan hatte. Das fand sie empörend, wagte sich also einen Schritt nach vorn. Als sie langsam den linken Arm hob, um seine Reaktionen zu prüfen, tat er gar nichts. Er wartete ab, was als Nächstes geschähe. Das war der Augenblick, als sie das leise Ticken der Uhr hörte und die verstreichende Zeit, die für den Käfer arbeitete, als Drohung empfand.

Javier war nicht so übel. Merkwürdig, dass Cristina auf ein hässliches schwarzes Tier starren und zugleich an ihren Freund denken konnte. Freund oder Liebhaber? Sie musste es abwarten. Dass Javier leidenschaftlicher war als Vicente, hieß ja nicht viel. Beim letzten Mal waren sie zusammen in der Oper gewesen und hatten *Tosca* gesehen, eine gefahrlose Unternehmung, obwohl Vicente nicht verreist war. Vicente hatte noch nie ein Opernhaus betreten.

Wenn sie an *Tosca* dachte, schlug ihr Herz gleich etwas schneller, da konnte der grauenhafte Käfer glotzen, wie er wollte. Sie sah die sinkenden Lichter des Teatro Real, hörte das Husten der Opernbesucher, sie fühlte noch die Seide ihres grauen italienischen Rocks an den Oberschenkeln. Als sie im zweiten Akt geweint hatte, war Javiers Hand entschlossen, aber etwas zu frech für das tragische Gefühl, das sie ergriffen hatte, an ihrem Bein hinauf unter den Rock geglitten. Hinter ihnen saß niemand. Cristina ließ ihn gewähren und fand die Tränen, die sie aus Mitgefühl mit Tosca vergoss, auf einmal billig. Der Mensch war Schauplatz sehr beliebiger Erschütterungen. Jetzt hätte sie gern Vicente bei sich gehabt, nicht Javier, aber nur, damit er das Käfer-Problem beseitigte. Es war nicht nett von ihr, so über ihn zu denken.

Hätte der Käfer, wenn er sprechen könnte, etwas zu ihr gesagt? Und hätte irgendein Wort Cristina bewogen, ihn nicht zu töten?

Sie ging in Gedanken die Waffen durch, die ihr zur Verfügung standen. Die erste Waffe empfahl sich durch den Überraschungseffekt, den sie damit erzielen würde: ein wassergetränkter Schwamm, groß, schwer genug, um den Käfer einerseits zu bedecken, andererseits auf dem Boden niederzudrücken, womöglich zu ersäufen. Der Käfer musste allerdings still sitzen, und die erforderliche Zielgenauigkeit war hoch. Nein, der Schwamm war eine schlechte Lösung. Der Käfer würde niemals tatenlos zusehen, wie sie sich mit dem tropfenden Schwamm näherte. Eines seiner vielen Beine (waren es sechs?) würde zucken und sich in Bewegung setzen, er würde wegrennen oder, noch schlimmer, zum Angriff übergehen. Außerdem wusste sie nicht, wie der Käfer sich Wasser gegenüber verhielt. Vielleicht *mochte* er Wasser.

Bei der Vorstellung, dass der Käfer ebenso durstig sein könnte wie sie, hätte sie unter gewöhnlichen Umständen gelacht, denn sie war nicht humorlos. Im Gegenteil, sie lachte gern. Neulich mit Javier, nach *Tosca*, hatte sie sehr viel gelacht. Ein befreundetes Paar, Arbeitskollegen von Javier, war auch dabei gewesen, einer der lustigsten Abende seit Langem. Aber sie konnte nicht lachen, solange der abstoßende Käfer ungestört auf ihrem Küchenboden saß und die Zeit verstreichen ließ. Allmählich, fand sie, hatte sie einen Gin Tonic verdient. Cristina schaute zum Kühlschrank, berechnete den Weg, den der Käfer kontrollierte (sie wusste nicht, wie schnell er war), und fand es vernünftiger, kein Risiko einzugehen.

Sie prüfte die übrigen Waffen. Es gab den Staubsauger. Oder Besenstiel und Kehrblech. Oder eine Plastiktüte. (Wie *atmeten* Käfer? Konnten sie die Luft anhalten, um ihre Gegner zu täuschen?) Vielleicht ja die neuen Küchenmesser, ein Geschenk von Vicente. Doch schon überfiel sie Ekel. Sie wollte sich keine Edelstahlklinge an diesem harten, glänzenden Körper vorstellen, ganz abgesehen davon, dass sie das Messer danach in den Abfalleimer werfen müsste. Was die Plastiktüte betraf, sie war nutzlos, solange es niemanden gab, der den Käfer hineintrieb und dann die Tüte zuband. Auch der Staubsauger schied aus, weil sein Einsatz das Problem nur verlagerte. Der schwarze Panzer und die dünnen Beine (es waren sechs, sie war sich jetzt sicher) wären zwar außer Sicht, aber nicht endgültig verschwunden. Der Käfer, wenn er hartnäckig wäre, würde in der Filtertüte aus Recyclingpapier weiterleben, zufriedener als zuvor. Womöglich konnte er sich im Innern des Gerätes von Krümeln und Küchenstaub ernähren, bis er erwachsen war.

Wie die meisten von uns in vergleichbaren Situationen verfiel Cristina schließlich auf die einfachste Lösung, nämlich einen Schuh. Das Paar Slipper mit den verblüffend schweren Absätzen hatte sie am Abend getragen und dann am Küchentisch abgestreift, weil sie es liebte, an warmen Sommernächten barfuß durch die Wohnung zu laufen. Während sie den Käfer mit einem langen, inständigen Blick bat, sich nicht von der Stelle zu rühren, hob sie mit rechts, der Schlag- oder Wurfhand, den rechten Schuh in die Höhe. Es lag etwas Vertrauliches und Intimes in diesem Blick, und sie wollte, dass auch der Käfer es spürte. *Wirst du mir auch nicht übel nehmen,* sagte der Blick, *dass ich dich töte?* Sie sah an sich hinunter, auf den Saum des Nachthemds und ihren nackten Fuß. Laura hatte ihr neulich gesagt, sie habe Wahnsinnsbeine, sie solle mehr von ihnen zeigen. Da hatte sie Laura angesehen, gelacht und von Javier erzählt, mit Stolz, weil sie ihn erobert hatte, und mit der üblichen Angeberei, die man unter Frauen natürlich findet und sofort verzeiht. Laura hatte ja ihre eigenen Geschichten zu erzählen; sie liebte Männer, die sie herumkommandierten und erniedrigten.

Athleten achten darauf, sich vor dem Start abzulenken. Sie füllen den Kopf mit Nichtigkeiten, die keine Energie beanspruchen. Das hatte Cristina einmal gelesen. Jetzt, als sie den Schuh hob, empfand sie es genauso. Sie war entschlossen, konzentriert, frei. Und wenn sie vorher, beim ersten Anblick des Käfers, nicht ganz sicher gewesen war, ob sie geächzt oder sonst einen sonderbaren Laut ausgestoßen hatte, so konnte es bei dem Angriff, den sie nun unternahm, keinen Zweifel geben: Sie schnaufte, sprach leise mit sich selbst und feuerte sich an. Einen Moment lang wiegte Cristina den Schuh in der Hand wie eine Kugelstoßerin ihr Gerät. Die Vorstellung des Wettkampfs gefiel ihr. So konnte sie sich einreden, der Käfer und sie stünden sich in einem fairen Duell gegenüber.

Doch fast hätte sie alles verdorben. Ein winziger Augenblick des Zögerns mehr, und sie wäre panisch davongestürzt und hätte im Schlafzimmer die Tür verrammelt, weil der Käfer vor ihrer näher kommenden Gestalt plötzlich zu laufen begann, aber nicht weg von ihr, sondern auf sie zu, in einem ruckhaften Slalom, dessen unpräzises Ziel auf dem hellgrauen Boden ihr nackter Fuß zu sein schien. Glücklicherweise nahm sie ihren ganzen Mut zusammen, oder war es Verzweiflung? Sie beugte sich ein wenig nach vorn, wo sie den heranstürmenden Käfer jetzt genauer sehen konnte, den matt geriffelten Rücken, die schwarze Apparatur an seiner Frontseite, die boshafte Fixierung in seinen Zügen, die für eine kindliche Einseitigkeit der Interessen sprach, und dann warf sie den Schuh, den Absatz erdwärts gerichtet, gerade nach unten, ohne Effekt, in einer ruhigen Bewegung, die in nichts mehr an den Schrecken erinnerte, der sie motiviert hatte, die vielmehr der Einsicht gehorchte, der Notwendigkeit, dem Gedanken an Rettung.

Der Schuh prallte auf. Etwas knackte. Dann war es still. Cristina sah keinen Käfer mehr, nur noch den Schuh, der dastand wie im Schaufenster. Die Spitze, völlig unbeweglich, zeigte zum Herd.

Wovon sie bisher nur in Büchern gelesen hatte, das geschah jetzt mit ihr: Cristina schüttelte sich. Wellen von Ekel durchliefen ihren Körper. Die Erleichterung, die bald kommen musste, war nicht zu spüren. Aber sie hatte noch etwas zu tun. Bevor sie darüber nachdenken konnte, was das war, schubste ihr linker Fuß den Schuh um. Sie sah den großen hässlichen Fleck auf der Sohle, an der ein Stück des schwarzen Panzers klebte, ein unwesentliches Fragment, prothetisch gesprochen, doch eine ausreichende Andeutung der Zerstörung, die sie an dem kleinen Tier angerichtet hatte. Sie wollte würgen. Dann warf sie einen raschen Blick auf den zermalmten Käfer und die gelbe Flüssigkeit, die er auf dem hellen Grau hinterlassen hatte. Mit der Hand vor dem Mund wankte sie drei Schritte zurück und sackte auf den Küchenstuhl.

»Vicente, du armseliger Idiot! Warum bist du nicht hier? Herrgott, wo steckst du?«

Sie rief die Worte mit erhobenem Kopf. Sofort fühlte sie sich bühnenhaft und falsch. Doch als sie zum Küchenboden hinuntersah, musste sie schnell wieder aufschauen. Sie ertrug den Anblick nicht. Wieder überrollte sie Ekel vor den schwarzen Splittern und dem gelben Käfersaft.

»Und du da unten«, sagte sie trotzig, ohne hinzusehen, »du kleiner Dummkopf, warum bist du nicht in deinem Loch geblieben und hast dich ruhig verhalten? Ich verstehe dich nicht. Was musstest du durch die Küche rennen und mich so erschrecken?« Und sie gab sich Mühe, ihre Stimme zärtlich und nur ein kleines bisschen vorwurfsvoll klingen zu lassen, als schimpfte sie mit einem Kind, und dann überkam sie Rührung, wie sie es beabsichtigt hatte: weil sie so tapfer versuchte, das widerwärtige Ding wie ein Lebewesen zu behandeln. »Dieser verrückte Käfer mit seinem Slalom!«, schimpfte sie, während ihr zum ersten Mal bewusst wurde, dass nicht nur die Wohnung, sondern das ganze Haus totenstill und sie ganz allein war. »So ein Dummkopf!«

Sie redete weiter, immer schneller und lauter. Ihre Tonhöhe stieg an, bis sie aufschluchzte. Tränen liefen ihr über die Wangen, während sie sich mit der Zunge über die trockenen Lippen fuhr wie ein verheultes kleines Mädchen. Warum? Ach, es war egal. Vielleicht weinte sie, weil der andere gestorben war. Sie wischte sich mit dem Ärmel des Nachthemds über die Nase und erinnerte sich daran, wie sie sich als Siebenjährige weinend im Spiegel angesehen hatte, und das rote, hässliche Gesicht mit den zerzausten blonden Haaren hatte sie noch trauriger gemacht, so dass neue Tränen geflossen waren. Hatte sie irgendjemand später so bedauert wie sie sich selbst, als sie sieben Jahre alt war?

Nachdem sie eine Weile so gesessen hatte, wurde sie ruhiger. Nur ihre Schultern zitterten noch. Einen nach dem anderen legte sie ihre Finger auf die salzigen Lippen und zog

Speichelfäden. Der Durst war peinigend. Cristina schien nur noch aus Salz zu bestehen. In der Stille hörte sie wieder die Küchenuhr. Als sie zum Käfer hinübersah, war sie sich nicht mehr sicher, ob die Leiche vorhin auch schon so dagelegen hatte. Man sah gar nicht mehr, dass es ein Käfer gewesen war.

Sie nahm das Telefon vom Küchentisch und wählte die Nummer in Dreierblöcken. Nach jedem Block schaute sie hinüber zu den kleinen schwarzen Trümmern auf dem Küchenboden.

»Laura? Gott sei Dank bist du noch wach! Störe ich? Nein, hör zu, es ist … Nein, das Absurdeste, ich habe mich von einem Käfer erschrecken lassen, einem Riesenbiest in der Küche, ich musste ihn ersch … Nein, keine Kakerlake, ich sage doch, ein Käfer, aber was für einer! Wir hatten hier noch nie welche … Na hör mal, ich weiß doch, wie Kakerlaken aussehen! Hör zu, Laura, ich … Nein … nein, einfach elend, ausgetrocknet, richtig durch den Wind, das ist alles. Ich habe mich hier nicht wegbewegt, ich komme mir vor wie seine Totenwache. Ich habe noch nicht einmal den Boden gewischt … Was? Wie Käfer eben aussehen, wenn du drauftrittst! Es kommt dir hoch, das kann ich dir sagen. Ich habe den Schuh darauffallen lassen … Wer, Vicente? Übermorgen, aus Bilbao. Es ist in Ordnung, glaub mir, ich habe ihn nur zwei Minuten vermisst, nicht mehr, warum sollte … warte mal! Warte, Laura! Schscht! Ich glaube, er hat sich bewegt!«

Sie nahm das Telefon langsam vom Ohr, die Augen auf den Küchenboden gerichtet, und hielt den Atem an. Sie wusste genau, wie sie jetzt aussah mit den beiden senkrechten Stirnfalten, die zu tief für ihr Alter waren. Vicente nannte es ihren »irren Blick«. Aber ihr Blick war nicht irre, sondern ruhig, als sie den schwarzen Fleck fixierte, der seine Dreidimensionalität verloren zu haben schien. Konnte es sein, dass der Käfer noch lebte? Dass er nach so einem Schlag tatsächlich die Kraft hatte, sich zu bewegen? Oder erlebte sie gerade seine Zersetzung im Zeitraffer?

»Nein, Laura, wie kommst du auf Vicente?« Sie sprach, ohne den Blick vom Küchenboden zu wenden. »Unsinn! Der *Käfer*, wer denn sonst. Aber es war wohl falscher Alarm, jetzt rührt sich wieder nichts ... Ach, was soll's. Vielleicht verändert sich ja der Zustand der Leiche, so ein Käfer hat doch kein Skelett wie ein Mensch ... Was? Na, weil es eine Leiche *ist*. Oder würdest du Kadaver sagen? Warum sollen nur Menschen das Recht auf Leichen ha- ... Nein, nein, hör zu, ich bin dir sehr dankbar, ehrlich. Vielleicht brauche ich einfach etwas ... Nein, ich will ihn gleich noch anrufen. Aber er wird nicht rüberkommen, ich kenne ihn. Er findet es falsch, die Abwesenheit des Rivalen auf diese Weise auszunutzen, sein ritterliches Ego kann ... Keine Ahnung, Laura, wir lassen es in Ruhe auf uns zukommen und sehen dann weiter ... Du weißt doch, dass ich das nicht so gern höre. Kinder spielen in unseren Gesprächen keine Rolle, das ist viel zu früh ... Woher soll ich wissen, wie Javier darüber denkt! Laura, er ist vierunddreißig! Muss man denn gleich ... In Ordnung, ich gehe bald ins Bett ... Versprochen, Laura ... Einen Kuss. Tschau.«

Sie hielt den Durst kaum noch aus. Doch sie blieb sitzen. Wieder wählte Cristina in Dreierblöcken eine Nummer. Während sie lauschte, sah sie zu *ihm* hinüber.

»Du kleiner Dummkopf, du dummer, armer, kleiner ... Dummkopf. Kann dich irgendeiner verstehen?« Sie spürte wieder Tränen. »Warum bist du nur ... hallo? Hallo, Javier? Ja, ich bin's.« Sie setzte sich aufrecht hin und drückte das Telefon ans Ohr. »Du, ich wollte nur mal ... Nicht so besonders, wenn du's genau wissen willst ... Nein, es hat nichts mit d... Wieso, hatten wir denn eine Zeit ausgemacht? Daran kann ich mich gar nicht ... Javier, nein, hör zu, damit hat es gar nichts zu tun, ich wollte mich melden, weiter nichts ... Javier, hör mir mal einen Augenblick zu! Ich musste an Tosca denken, weißt du noch ...? Nein, nicht das, du Ferkel, ich meine Tosca, als sie ihren Freund im dritten Akt besuchen kommt, Mario? An der Mauer, wo er erschossen werden soll? Weißt du, sie wiederholt drei- oder viermal, er soll sich hinwerfen, wenn er die Schüsse hört, damit die Soldaten denken, er ist tot? Damit sie fliehen können, Tosca und er? Ich musste daran denken, wie ich geweint habe, als sie das immer wieder sang, diese Hoffnung, dass es gut wird, und sie glaubt wirklich, sie kann die Soldaten austricksen ... Was? Nein, nicht nur im zweiten Akt, auch im dritten, du hast es nur nicht bemerkt, ich habe nah am Wasser gebaut, vielleicht hattest du ja auch wieder deine Hand in meinem ... Bitte? Nein, ich meine die Szene danach, als sie sieht, dass die Kugeln echt waren und Mario sich nicht rührt. Sie kann es gar nicht begreifen, es ist so schnell gegangen, aber als sie erkennt, Tosca, dass sie allein ist, wirft sie sich in die Schlucht und stirbt auch, sie muss gar nicht darüber nachdenken. Das wollte ich dir nur erzählen ... Wieso, anders? Ich fühle mich wie immer. Ich habe nur wahnsinnigen Durst. Ich muss mir etwas zu trinken holen ... Ja, ich dich auch ... Morgen vielleicht, gut. Einen Kuss. Tschau.«

Sie legte das Telefon auf den Küchentisch. Dann weinte sie, die Hände über der Nase gefaltet, ließ die Tränen laufen, dann versiegen, wartete ab, spürte neue Tränen und legte einfach den Kopf auf den Tisch, damit sie nichts mehr tun musste.

»Ich hole mir jetzt etwas zu trinken«, sagte sie und fuhr sich mit der Zunge über die salzigen Lippen. Aber sie stand nicht auf. »Hast du gehört, mein kleiner Dummkopf? Ich habe schrecklichen Durst.«

Es wird nicht lange dauern

Dies sind die Dinge, an die Juan im ersten Augenblick der Lebensgefahr nicht dachte: was elf Stunden zuvor die letzten Worte zu seiner Frau gewesen waren. Ob er seiner Tochter am Morgen zum Abschied einen Kuss oder dem Wagenwäscher sein Trinkgeld gegeben hatte.

Angst hatte Juan in den ersten, entscheidenden Sekunden nicht verspürt, sonst hätte er vielleicht noch etwas unternehmen können, als er die beiden Männer links und rechts von seinem Auto auftauchen sah – schreien, sich wehren, davonlaufen, irgendetwas Verrücktes oder Unvorhergesehenes tun. Vielleicht hätte er auch gar nichts tun können. Aber als die Angst einmal da war, blieb sie bei ihm. Später, in einem Anflug von Humor, der ihm sofort hysterisch vorkam, dachte er: Es sieht fast so aus, als hielte ich die Angst umklammert und nicht sie mich.

Die beiden Männer hatten es nicht schwer. Ihr Opfer kam gegen acht Uhr abends mit dem Auto auf sein Grundstück gerollt, an einem Spätsommertag in Madrid, der nur noch durch einen schwachen, unbestimmten Duft an die Schwüle der vergangenen Wochen erinnerte. Das Opfer betätigte den elektrischen Garagenöffner, wartete ab, bis sich das Tor vollständig gehoben hatte, und rollte in die Garage. Nur dass Juan diesmal, als er den Motor abgestellt hatte, einen Schatten neben dem Auto bemerkte. Links oder rechts? Er wusste es nicht mehr.

Die beiden Männer öffneten die Fahrertür und die Beifahrertür gleichzeitig. Der Mann an der Beifahrertür hielt
eine Pistole, die er nicht auf Juan richtete, sondern gewis-
sermaßen nur vorzeigte, achtlos, aber geübt. Der andere
Mann stützte sich mit dem angewinkelten Arm auf der geöffneten Fahrertür ab, so dicht neben ihm, als wolle er seine
Reaktion auf die Pistole seines Komplizen studieren und daraus Schlüsse für spätere Unternehmungen ziehen.

»Los, in den Kofferraum. Schlüssel. Jacke. Und still.«

Als die Kommandos ertönten, begleitet von einer knappen
Geste, war Juan erleichtert. Endlich geschah etwas. Immerhin schienen die Männer zu wissen, was sie taten. Zum Beispiel raubten sie ihn nicht aus, schlugen ihn nicht bewusstlos,
brachten ihn nicht um, noch nicht. Er zog den Autoschlüssel
ab. Er nahm das Jackett vom Beifahrersitz und stieg aus. Das
ließ sich leicht machen, ohne dass der Mann, der keine
Pistole trug, mehr als einen halben Schritt zurückzutreten
brauchte. Dann überreichte Juan ihm mit einer Korrektheit,
auf die er viel Aufmerksamkeit verwendete, sein Jackett und
wartete auf weitere Anweisungen. Der Verbrecher sollte von
ihm gleich den richtigen Eindruck erhalten. Du bist stärker
als sie, dachte er, wenn du korrekt bist.

»Ab in den Kofferraum!«

Er hatte sich also nicht verhört. Der Verbrecher meinte
tatsächlich, *er* solle sich in den Kofferraum legen. Über diesen
Moment würde er später oft nachdenken. Er hätte in der
Sekunde nach dem Befehl zuschlagen können, statt zu ge-
horchen. Der Schlag eines Zweiundfünfzigjährigen, geführt
gegen Bauch oder Halsschlagader eines zwanzig Jahre Jüngeren. Aber wer weiß? Der Überraschungseffekt hätte manchen Nachteil aufgewogen. Juans Gegenüber trug keine Pistole, jedenfalls zeigte er sie nicht. Er hielt ihm nur die
Wagentür auf. Sein bewaffneter Komplize, auf der anderen

Seite, hätte nicht genau zielen und schon gar nicht abdrücken können. Eine beengte Situation, also von Vorteil für das Opfer. Ein Handgemenge in der Garage, so sagte er sich später – viel zu spät –, wäre für die beiden Gangster ebenso gefährlich gewesen wie für ihn.

Er fragte sich auch, ob die beiden Männer ein Profil ihres Opfers erstellt hatten. Bauunternehmer, verheiratet, eine Tochter. Brillenträger, kein Diabetiker. Schlank, aber nicht muskulös, mit regelmäßiger Lebensweise, einem großen Haus in privilegierter Lage, einem Wagen der gehobenen Klasse und einem Wochenendhaus bei Ávila. Kein Hundebesitzer. Der Punkt, der Juan daran interessierte, war die Rationalität oder Vorhersehbarkeit seiner Reaktionen, die feste (oder fehlende) Gewissheit der beiden Männer, er werde »mitspielen« und dem psychologischen Schema des Opfers, das sie gezeichnet hatten, entsprechen.

Um vorzugreifen: Er entsprach ihrem Schema, sofern sie eins hatten, mit beachtlicher Zuverlässigkeit. Bis auf einen Punkt. Er wurde zum Lügner und Simulanten. Unter den außergewöhnlichen Umständen seiner Entführung war er größerer Täuschung fähig, als er jemals für möglich gehalten hätte. Sollte ihn jemand fragen, ob er aus dem Vorfall etwas »gelernt« hätte, müsste er antworten: Ja. Er hatte etwas gelernt, und zwar über die Mittel, die dem friedlichsten Gemüt in Zeiten der Anfeindung zur Verfügung stehen.

Der Mann, der keine Pistole trug, öffnete den Kofferraum und zeigte hinein. Keine zwanzig Meter entfernt stand Juans Frau vielleicht gerade in der Küche und schaute auf die Uhr, wann er nach Hause käme. Das erschien ihm widersinnig. Juan erkannte, dass er sich nicht in zwei Systemen zugleich aufhalten durfte. Da er nicht in der Küche sein konnte, bei seiner Frau, war es wohl besser, in den Kofferraum seines Autos zu steigen. Genau so legte er sich die Entscheidung

vor: Küche oder Kofferraum. Er schaute auf den anthrazit-
farbenen Teppich und dachte an die Baupläne, die Holzkohle,
die Reisetaschen und Rotweinkisten, die er in diesem Kofferraum schon transportiert hatte. Bevor er hineinstieg, sah er
den Mann mit der Pistole an. Er wollte wissen, mit wem er es
zu tun haben würde und ob seine Korrektheitsstrategie bei
dem Gangster verfangen würde.

Doch dessen Gesicht verriet ihm nichts. Der Mann mit der
Pistole stand immer noch ruhig an der Beifahrertür, ließ seine
kleinen Augen über die Szenerie hinter Juan wandern und
schien nur die Atmosphäre des Ortes an einem herrlichen
Spätsommerabend aufnehmen zu wollen. Seine Waffe war
immer noch nicht auf Juan gerichtet, nur allgemein auf den
Raum, den er einnahm.

»Rein«, sagte der andere Mann, und Juan stieg über den
Rand des Kofferraums. Es musste ungeschickt ausgesehen
haben. »Runter«, sagte er. »Hinlegen.« Dann wurde die Kof-
ferraumklappe über ihm zugeschlagen.

Juan lag im Dunkeln.

Sie misshandelten seinen Wagen. Dabei wäre es vernünftig
gewesen, in Juans Wohnviertel keine Aufmerksamkeit zu erregen. Bedenkenlos jagten sie die Gänge hoch, nahmen die
Kurven zu schnell und erwischten beim Abbiegen mehrmals
den Bordstein. Einmal drang lautes Fluchen in den Kofferraum. Sie waren geübt im Misshandeln von Autos. Wahrscheinlich hatte der Mann, der keine Pistole trug, geflucht.
Sein Kompagnon würde seine nachdenklichen Augen um-
herwandern lassen und nicht eingreifen. Es passte nicht zu
ihm, seinem Komplizen Vorschriften zu machen. Er verließ
sich auf seine natürliche Autorität.

Juan spürte seine Knochen, trotz der bekannt komfor-
tablen Federung, und es gab keine Lage, die ihm nicht un-
passend, unbequem, lächerlich oder demütigend erschienen

wäre. Im Dunkeln erinnerte er sich an seine Kindheit. Sich unter dem Tisch verstecken. Im Kleiderschrank, hinter Mänteln und Jacken. Unter das Bett kriechen, um die Bettfederung von unten zu betrachten.

Dann kam die Angst. Er sah sich verstümmelt, im Wald, und sah junge Polizeibeamte mit Plastiktütchen in der Hand durchs Laub gehen.

Den Versuch, sich die Route zu merken, gab er schnell auf. Ob sie eine Gerade fuhren oder eine lang gezogene Kurve, konnte Juan nicht bestimmen. Zuerst glaubte er, Steigungen und Gefälle würden ihm helfen. Aber nach dem fünften Abbieger war alles sinnlos, und er hörte auf, sich irgendein Stadtviertel von Madrid vorzustellen, das ebensogut jedes andere sein konnte.

Dafür machte er mehrere Entdeckungen. Wenn sie bremsten, konnte er in seiner Höhle schwach den Widerschein der Bremsleuchte im Heckfenster sehen. Das war ein Trost. Er wusste also, was sie taten, sofern er es nicht an der Bewegung des Wagens spürte, und sie wussten nicht, dass er es wusste. Sie wussten auch nicht, dass durch die Bremsleuchte Licht in den Kofferraum fiel, so dass er für kurze Augenblicke ein paar Schemen ausmachen konnte. Seine Strategie nahm Gestalt an. Ihnen gegenüber würde er mit äußerster Zurückhaltung auftreten. Sobald er allein wäre, die Umgebung genau registrieren. Und jedes Detail auf künftige Bedeutung in seinem Rettungsplan überprüfen.

Das Wort »Rettungsplan« stellte sich unwillkürlich ein, nachdem er seine wichtigste Entdeckung gemacht hatte. Er trug in der Hosentasche sein Mobiltelefon! Ein unverzeihlicher Fehler der beiden Männer. Aber sie würden jeden Augenblick darauf kommen und ihre Nachlässigkeit korrigieren.

Juan wählte die Nummer seiner Frau. Niemand nahm ab.

Wie oft werfen wir Menschen vor, dachte er, dass sie nicht in der Nähe des dummen Telefons sind!

Der Wagen wurde langsamer. Wahrscheinlich hatte der Mann mit der Pistole sein Versäumnis bemerkt. Juan tastete die Innenwände des Kofferraums ab. Ganz hinten, in der linken Ecke, fand er eine Ritze zwischen Wand und Boden, eine unsauber verarbeitete Stelle, die schwer zu entdecken war. Der Wagen hielt, Rollsplit schlug gegen die Radkappen. Juan schaltete das Telefon aus und stopfte es in die Ritze. Kaum hatte er wieder die Hände am Körper, ging der Kofferraum auf.

»Rauskommen«, sagte der Mann ohne Pistole. »Wo ist dein Telefon?«

»Welches Telefon?«, sagte er.

»Jeder hat ein Telefon.«

Juan kletterte nach draußen. Sie standen auf einem Autobahnparkplatz. Der Abendwind tat gut. Außer Toiletten und Picknicktischen war nichts zu sehen.

»Das muss ich im Büro vergessen haben«, sagte er.

»Du lügst. Die Hosentaschen.«

Juan stülpte die Hosentaschen nach außen. Der Entführer schien zu überlegen, ob Schläge helfen würden. Juan hob die Arme und drehte sich langsam um die eigene Achse. Als er die Hände des anderen an seinen Hüften spürte, zuckte er zusammen. Die Hände tasteten Gürtel und Gesäß ab.

»Füße.«

Er hob einen nach dem anderen und zupfte leicht am Hosenbein, als wollte er einen Tänzer parodieren.

»Stell dich da hin.«

Mit einer Taschenlampe leuchtete der Gangster den Kofferraum ab. Der Mann, der die Pistole trug, war auch ausgestiegen und lehnte an der geöffneten Autotür. Es tat Juan nicht gut, ihm in die Augen zu sehen. Sein Blick war so ruhig, so überlegen, dass Juan drauf und dran war, ihm das versteckte Telefon zu beichten. Er wollte sich nicht vorstellen, welche Strafen sich der Verbrecher für ihn ausdenken konnte.

Der Mann mit der Taschenlampe schnaufte. Er hatte gründlich gesucht und war verwirrt. Er nahm den Erste-Hilfe-Kasten aus der seitlichen Verkleidung und durchsuchte den Inhalt. An die Schere des Verbandskastens hatte Juan noch gar nicht gedacht. Eine gefährliche Waffe. Solche Versehen durfte er sich nicht erlauben, wenn sein Rettungsplan einen Sinn haben sollte. Jedes Detail konnte von Bedeutung sein. Juan musterte diskret die Umgebung. Sie standen an der A 2, Richtung Saragossa. Sie mussten etwa dreißig Kilometer gefahren sein.

»Wir werden jetzt telefonieren«, sagte der Mann mit der Pistole. Er wies zu den Toiletten. »Da vorn.«

Er forderte Juan auf, den Buchhalter der Firma anzurufen.

»Sergio«, sagte Juan, als jemand abnahm. »Ich bin's.« Im Hintergrund hörte er Kinderstimmen und das Klappern von Tellern. Dann eine Rassel, die zu Boden fiel. »Sergio, stell jetzt keine Fragen. Ich brauche alles Geld, das wir flüssigmachen können. Sofort. Komm zur Firma. Kriegst du fünfzigtausend zusammen?«

»Ich glaube, ja. Mit allen Wochenlöhnen. Juan. Ist alles in Ordnung?«

»Keine Fragen. Und kein Wort, zu niemandem. Komm, so schnell du kannst. Warte im Wagen.«

Dann musste er seine Frau anrufen. Diesmal nahm sie ab. Es war das übliche Spiel. Sie meinen es ernst, Liebling, aber mach dir keine Sorgen. Keine Polizei. Ruhe bewahren, dann wird niemandem etwas geschehen.

»Was willst du tun?«, sagte seine Frau. »Juan, um Himmels willen.«

»Mach dir keine Sorgen.«

Er fragte sich, ob nicht alle Entführungen Kopien einer einzigen, vor vielen Jahren gesendeten Fernsehentführung sind. Erst bei den Visagen der Entführer oder ausgefallenen Tollpatschigkeiten nehmen sie persönlichen Charakter an, der über den Ausgang entscheidet.

»Weiter geht's.« Der Mann ohne Pistole nickte mit dem Kopf zum Wagen hinüber. »He! Ich brauche die Geheimzahl der Kreditkarten hier. Schreib sie auf.«

Während Juan schrieb, prüfte der Mann, der die Pistole trug, das Terrain. Die Sonne stand leuchtend orange über dem Horizont. Die A 2 war voller Leute, die nach Hause wollten und ihre Autos anspornten. Selbst der Qualm des Gummiwerks jenseits der Autobahn sah poetisch aus. Der Mann mit der Pistole scheuchte Juan und den anderen zum Wagen, ließ sie eine Weile warten und gab ein Handzeichen. Juan kletterte in den Kofferraum. Der Knall, mit dem die Klappe des Kofferraums zuschlug, klang jetzt besser als beim ersten Mal. Er wollte, dass sie ihn in Ruhe ließen. Ihm seine Privatsphäre zurückgaben, in der er darüber nachdenken konnte, wie sie zu besiegen waren.

Sobald sie angefahren waren, zog er das Telefon aus der Ritze. Da hielt der Wagen an, die Fahrertür sprang auf, eilige Schritte erklangen, und der Kofferraum wurde aufgerissen.

»Den Stift«, sagte der Mann barsch. »Gib ihn her!«

Juan sah ihn schuldbewusst an, das Telefon unter der Hüfte verborgen. »Ich dachte …«

»Da, Idiot!« Der Mann riss ihm den Stift aus der Hemdtasche. »Runter!« Ein Krachen, und der Kofferraum war wieder dunkel.

Diesmal fuhren sie eine Weile ohne Störung. Einmal hörte Juan einen Ausruf, einen der vulgären Flüche, an denen das Spanische so reich ist. Der Mann mit der Pistole war zu intelligent, darauf zu antworten. Er benutzte seinen Komplizen, so viel war klar, er kontrollierte ihn. In gewissem Sinn musste er sie beide in Schach halten. Bevor Juan darüber nachdenken konnte, ob darin nicht eine neue Strategie läge – die Entführer spalten, sie subtil gegeneinander ausspielen –, ließ er seine beiden Telefonate noch einmal im Innern ablaufen. Wie gut er gewusst hatte, was zu tun war. Wie gehorsam wir uns im Unrecht einrichten!

Später erfuhr er, dass Sergio sich seiner Frau gegenüber ebenso mustergültig verhalten und alles genau so getan hatte, wie es sich die Entführer nur wünschen konnten. Juan braucht noch wichtige Unterlagen aus der Firma, hatte Sergio zu Ana gesagt. Er hat den Schlüssel vergessen. Es wird nicht lange dauern. Dann hatte er Ana und die beiden Kleinen zurückgelassen.

»Es wird nicht lange dauern.« Wie oft hat Ana ihm den Satz vorgeworfen!

Wir können nicht zwei Wege wählen, sondern nur einen. Wir müssen uns entscheiden, und meistens schließen wir mit der ersten Wahl alle anderen Möglichkeiten aus. Später eröffnen sich neue Gelegenheiten, das ist wahr. Es gibt keinen vorgezeichneten Verlauf. Doch was hätte Juan gewonnen, wenn er sich den Forderungen der Entführer verweigert hätte? Es ging ihnen um Geld, nichts anderes, Bargeld, Kreditkarten, sein Auto. Bauunternehmer verdienen in guten Jahren sehr anständig. Die Risiken sind den Gaunern egal, die Gerichtsklagen, mit denen die Leute einen überziehen, die erfundenen Baumängel und der ganze Quatsch. Juan glaubte immer noch, dass seine Entführung nichts Persönliches war. Sie richtete sich nicht gegen ihn, sondern gegen die wohlhabende Schicht, der er angehörte.

Die Zahl fünfzigtausend hatte ihm Mut gemacht. Juan begann darauf zu vertrauen, dass die Sache glimpflich ablaufen würde. Fünfzigtausend, das war wenig, der Fluchtpunkt dilettantischer Wünsche. Wer, der auf sich hält, fordert läppische fünfzigtausend? Seine beiden Gauner hier, der Geduldige und der Ungeduldige. Wie gut, dass der Geduldige die Pistole trug.

Welchen Sinn es gehabt hatte, erst einmal aus der Stadt hinauszufahren, erfuhr er nie. Die Entführer wollten wohl in Bewegung bleiben, einen leichten Fluchtweg haben, aus sicherer Entfernung die Lage prüfen. Andere Erklärungen gab es nicht. Nach den beiden Anrufen kehrten sie um und fuhren wieder Richtung Stadt. Doch es ging nicht gleich zur Firma. Erst fuhren sie zum Bankautomaten, um Geld abzuheben. Der Fahrer bremste unnötig scharf, wie Juan es schon gewohnt war.

»Jetzt treffen wir deinen Freund.«

Der Mann mit der Pistole hatte nahe am Kofferraum gesprochen, bevor er wieder einstieg, nicht zu laut, aber deutlich. Für Juan. Er wollte ihn dort im Dunkeln auf dem Laufenden halten. Juans Zuversicht, dass alles ordentlich ablaufen würde, wuchs. Er machte sich so lang, wie der Kofferraum es zuließ, und dachte nach. Wie wäre es, wenn er jetzt die Polizei anrief? Dem stand vor allem eins im Weg. In der letzten halben Stunde hatte er den Mann mit der Pistole in gewissem Sinn als Komplizen empfunden. Der Ruhige und er, so kam es ihm vor, waren die beiden rationalen Köpfe in diesem Unternehmen. Vorsicht vor dem anderen!, schienen ihm seine Blicke zu sagen. Halten wir ihn draußen, soweit es geht, auf den ist kein Verlass, der tut etwas Dummes, und dass er keine Pistole trägt, macht ihn eher gefährlicher. Leute ohne Waffe suchen sich den erstbesten schweren Gegenstand, um ihrer Forderung Nachdruck zu verleihen. Also immer ruhig bleiben, dann wird alles gut.

Juan hatte nie die Zeit, Unterhaltungsfilme zu sehen, aber

über die Jahre hatte sich bei ihm der Eindruck verfestigt, dass die Polizei in Entführungsfällen meistens überhastet eingreift. Dass sie oft größeren Schaden anrichtet als die Entführer. Wahrscheinlich gibt es kein anderes Verbrechen, bei dem beide Parteien so inständig dasselbe erhoffen: dass jemand pünktlich das Geld beschafft (unmarkierte Scheine und so weiter), es ohne Tricks oder Hintergedanken übergibt und der Entführte ohne Gefahr freigelassen werden kann. Bei der Entführung, so könnte man verallgemeinern, ziehen beide Parteien am selben Strang. Wenn es die Polizei nicht gäbe. Wenn es den Zufall nicht gäbe. Den Schlüssel, der nicht passt. Den Wutausbruch, die Reifenpanne. Vielleicht verfügte die Madrider Polizei über besonders kompetente, speziell ausgebildete Einheiten, die bei solchen Gelegenheiten tätig wurden, doch Juan bezweifelte es. Warum sollte in einer Stadt, in der bei den Behörden so vieles im Argen lag, ausgerechnet die Polizei die Ausnahme bilden?

Er ließ das Mobiltelefon, das ihm kurz zuvor noch wie seine Geheimwaffe vorgekommen war, in seinem Versteck.

Juan hatte sich schon seit ein paar Minuten Gedanken über den Ablauf der Geldübergabe gemacht, als sie anhielten. Sergio erzählte ihm später, ein Mann hätte ihm ein Handzeichen gegeben. Darauf sei er, Sergio, aus seinem Auto gestiegen. Im nächsten Augenblick war der Mann mit der Pistole schon neben ihm, ohne seine Waffe zu zeigen, und sagte: Wir haben deinen Chef. Lass uns gehen.

Sie betraten die Firma, vier Räume in einem Bürohaus. Niemand war mehr da außer der Putzfrau, die in den hinteren Büros sauber machte. Sie riefen ihr einen Gruß zu, der Buchhalter und ein Geschäftsfreund, und gingen weiter. Sergio brachte 37 000 Euro zusammen, die sich der Mann in einen gefütterten Umschlag stecken ließ und in einer Umhängetasche verstaute. Die ganze Aktion dauerte nicht länger als acht Minuten.

Der folgende Teil der Entführung ist der, über den Juan am wenigsten sagen kann, weil die körperlichen Eindrücke alles andere überdecken.

Der Kofferraum wurde geöffnet, und in wenigen Sekunden lag Sergio halb auf ihm, die Entführer scherten sich nicht um Formen. Sergio und Juan hatten kaum Zeit, sich einen Blick zuzuwerfen, da fuhr der Wagen schon an, und sie waren damit beschäftigt, im Innern des Kofferraums eine halbwegs menschenwürdige Position zu finden.

»Juan, was ist das? Was werden sie mit uns machen?« Juan hörte, wie Sergio sich das Hemd zurechtzog. »Wo bringen die uns hin?«

»Wenn sich die Augen an die Dunkelheit gewöhnt haben, können wir etwas erkennen. Gleich, wenn sie bremsen.«

Juan erzählte Sergio, wie sie seinen Wagen gekapert hatten. Das Mobiltelefon erwähnte er nicht. »Sie werden uns nichts tun, glaube ich. Darauf müssen wir vertrauen.«

Sergio stieß ein unwilliges Brummen aus. »Da wäre ich nicht so sicher.« Der Wagen beschleunigte, und sie spürten ihren Magen. »Der mit mir das Geld geholt hat, das ist ein ganz abgezockter Bursche. Der ist eiskalt.«

»Wir sind nicht im Gangsterfilm«, sagte Juan. »Diese Leute sind keine Mörder, sondern Gewohnheitskriminelle. Die werden sich hüten, uns etwas zu tun. Darauf müssen wir vertrauen.«

»Denen *vertrauen*? Nimm mich nicht auf den Arm.«

Längst waren sie auf der Autobahn, aber in welche Richtung es ging, war nicht zu ahnen. Je länger sie fuhren, desto tiefer wurde die Einsamkeit, die sie umgab. Irgendwann verstummten sie.

Hin und wieder fiel der Widerschein des Bremslichts in den Kofferraum, aber wenn er wieder erlosch, fühlten sie sich trostloser als zuvor.

»Ana wird sich Sorgen machen, wenn ich mich nicht melde«, sagte Sergio.

»Sie haben dir das Telefon abgenommen, nehme ich an.«

»Natürlich. Deins doch auch, oder?«

»Ja.«

»Das ist das Erste, was sie tun. Stell dir vor, wir könnten jemanden anrufen.«

Juan lag da und spannte die Wadenmuskeln an, um die Steifheit in den Beinen zu lindern, und bewegte die Zehen in den Schuhen. Dann erklärte er Sergio, dass viele Entführungen ein schlimmes Ende nehmen, weil die Polizei beim Eingreifen Fehler macht. Ließe man den Dingen ihren natürlichen Lauf, sagte er, stünden die Chancen gar nicht so schlecht. |51

Sergio antwortete nicht. Aber sie lagen so nahe beieinander, dass Juan seinen Unwillen spürte. Sergios Atem ging schneller.

»Wie lange hält man es hier drin überhaupt aus?«, sagte er. »Ohne Frischluft?«

»Keine Ahnung. Aber die machen das bestimmt nicht zum ersten Mal.«

Jetzt wurde Sergio wütend, auf lautlose, ohnmächtige Weise wütend. Juan konnte sich vorstellen, dass Sergio sich nichts sehnlicher wünschte, als auf Abstand zu ihm zu gehen. Doch sie lagen im Kofferraum wie zwei Pakete. Allmählich wurde ihnen warm.

Sergio hatte seine Arbeit als Buchhalter immer ordentlich gemacht, fand Juan. Nicht sehr gut, nicht herausragend. Sergio war nie ein Muster an Arbeitskraft. Im Lauf seiner vier Jahre in der Firma hatte sich zwischen ihnen ein Verhältnis von distanzierter Korrektheit entwickelt, mit dem beide leben konnten. Über Privates sprachen sie kaum. Sergio schien aufzutauen, als Ana und er Nachwuchs erwarteten. Vor anderthalb Jahren wurde die Kleine geboren, Anita. Juan freute sich für die beiden und lud sie zum Abendessen ein. Leider hatte Juan während des Essens auf Seiten Anas eine merkwürdige Angepanntheit gespürt, fast Widerwillen, als könne sie in seiner Gegenwart nicht vergessen, was Sergio ihr von seinem Büroleben erzählt hatte.

Bald nach dem Abend versiegte Sergios Mitteilungsdrang, und als Mitarbeiter zog er sich, wie Juan es nannte, in die innere Frührente zurück. Er achtete darauf, pünktlich aus dem Büro zu kommen, benutzte hin und wieder auch Morgenstunden für Kinderangelegenheiten und ließ durchblicken, die Firma sei nicht das Wichtigste im Leben. »Für keinen von uns«, betonte er. Weder für Ana noch für ihn. Überhaupt sprach er – wenn er denn überhaupt noch etwas sagte – gern von dem, was »sie beide« fanden, guthießen oder missbilligten. Schon öfter hatte sich Juan vorgenommen, Sergio auf dieses angeberische »Wir« anzusprechen, das er als unprofessionell empfand. Er wollte ihn warnen, es mit dem zur Schau getragenen Familienidyll nicht zu übertreiben. Doch dann beschloss er, Sergio eine lange Leine zu lassen. Jeder Mensch erlebt Dinge, über die er hinwegsehen muss, wenn er keinen Konflikt heraufbeschwören will.

Und dann hatte Sergio ihn betrogen. So nannte Juan es noch immer. Sergio wusste nicht nur, wie sie ihre Bauarbeiter bezahlten, er hatte auch entdeckt, dass Juan seit Jahren die Steuererklärung frisierte. Hier und da waren Barbeträge geflossen, von denen nicht einmal der Buchhalter wusste. Über die Arbeitsmethoden in der Baubranche machte sich ja niemand etwas vor. Wichtig war nur, dass man sich über die Kriterien einig war, dann konnten alle davon profitieren. Sergio musste die einzigen Überstunden, die er je gemacht hatte, dazu genutzt haben, einen Überblick über alle ihre Transaktionen zu gewinnen. Von dem Mann, der kaum etwas wissen wollte, verwandelte er sich in einen misstrauischen Kontrolleur. Irgendwann begann er, kleinere Beträge für sich abzuzweigen, aber so, dass Juan es früher oder später bemerken musste. Darauf, so glaubte Juan, legte Sergio Wert. Er wollte keinen Ahnungslosen berauben, sondern einen Wissenden.

Über das, was in der Firma geschah, wechselten sie kaum fünf kalte Sätze. Jeder wusste um die Aktionen des anderen, sie brauchten sich nur darum zu kümmern, dass alles im Rahmen blieb. Bis dahin hatte Juan keine Ahnung gehabt, wie weit Sergio es in dieser Kunst gebracht hatte. Ob Ana darüber im Bilde war? Das fragt er sich bis heute.

Der Fahrer drosselte das Tempo und fuhr in eine lange Rechtskurve ein. Es fühlte sich an wie eine Autobahnabfahrt. Dann folgte ein Rondell, abermals eine Abfahrt rechts, und weiter ging es auf einer holperigen Landstraße.

»Wir kommen näher«, sagte Juan. Seine Knochen schmerzten, und allmählich brauchte er Frischluft. Die Angst war wie ein regelmäßiges Klopfen, als wäre sein Herz aus Holz. Er meinte Sergios Blick auf sich zu spüren. Eine Zeile aus einer Erzählung kam ihm in den Sinn. »Augen wie nasse Kirschen«.

Plötzlich stand der Verdacht vor ihm, aufrecht wie ein Standbild. Er war nicht stolz darauf, aber er würde wohl nie erfahren, ob etwas daran war. Er fragte sich, während sie auf eine noch kleinere Straße abbogen, eher auf einen unbefestigten Weg, er fragte sich allen Ernstes, ob Sergio mit den Entführern gemeinsame Sache machte.

Juan musste nach Luft geschnappt haben, denn aus dem Dunkel kam Sergios besorgte Stimme: »Alles in Ordnung, Juan?«

»Alles in Ordnung«, sagte er leise, noch immer von seinem Verdacht beherrscht. Was, wenn es stimmte? Dann wäre ihre gemeinsame Ausfahrt das ideale Mittel, um von Sergios Mittäterschaft abzulenken. Der Wagen holperte jetzt, der harte

Boden schlug Juan gegen Hüfte und Schultern. Einmal stießen Sergio und er gegeneinander und sagten gleichzeitig: »Entschuldigung!«

Sie schwiegen eine Weile, aber jetzt konnte es keinen Zweifel mehr geben. Sie kamen ans Ziel. Der Wagen fuhr über einen Waldweg, sie konnten Zweige knacken hören.

Sergios Stimme war leise, als er sagte: »Das ist es.«

»Was meinst du?«

»Gleich geschieht es. Was immer geschieht.«

Juan nickte. Er wusste, dass Sergio sein Nicken wahrnehmen konnte. »Ja. Gleich geschieht, was immer geschieht.« Er hätte einiges darum gegeben, in Sergios dunkles Herz zu sehen. »Das hätten wir nicht gedacht, oder? Damals, als du bei mir angefangen hast?«

Sergio ächzte, und Juan hörte ein Zittern darin. Wenn Sergio ihm etwas vorspielte, machte er es gut.

»Hör mal, Juan. Ich wollte dir sagen, dass nichts, was zwischen uns war … Nichts hat Bedeutung. Es ist nicht wichtig. Das wollte ich dir sagen.«

»Soll das eine Rede werden?«

Der Fahrer bremste abrupt, und Juan wurde gegen die Rückwand des Kofferraums gedrückt. »Ich glaube, wir sind da. Bitte bleiben Sie angeschnallt.«

Juan wusste, dass Sergio in gewissen Situationen keinen Humor ertrug, dass er verdrossen und abweisend wurde, wenn man in seinen Augen nicht den angemessenen Ernst aufbrachte. Auch jetzt rechnete Juan mit Sergios missmutiger Reaktion, er hatte Lust, ihn zu provozieren, um an die Wahrheit heranzukommen, sie hatten nur noch ein paar Sekunden. Aber Sergio schwieg.

Die beiden Entführer stiegen aus und schlugen die Türen zu. Juan streckte den Arm aus. Sergio zitterte am ganzen Körper.

»Alles wird gut«, sagte Juan. »Ganz ruhig. Diese Jungs haben einen Plan. Wir müssen ihnen vertrauen.«

»Red doch keinen Scheiß!«

Der Kofferraum wurde geöffnet, und als Erstes spürte Juan den kühlen Hauch, Waldluft, eine Wohltat nach der langen Fahrt. Vor dem dunklen Himmel machte er noch dunklere Bäume aus, Pinien, die sich im Nachtwind wiegten. Bevor er Sergio ansehen konnte, blendete ihn eine Taschenlampe. Er richtete sich auf und hielt die Hand vor die Augen.

»Raus mit dir«, sagte der Fahrer.

Sie rührten sich. Zwei, drei Sekunden lang vergaß Juan, was Sergio von der ganzen Sache wissen mochte, er wollte nur raus und die Füße auf die Erde stellen, die Glieder strecken und sich nicht mehr fühlen wie ein gefangenes Tier. Sergio hatte schon ein Bein aus dem Auto geschwungen, da sagte der Fahrer: »Du nicht. Der andere.«

Juan drängte sich an Sergio vorbei und stützte die Hände auf den Rand des Kofferraums. Die Fahrt hatte ihm die Kraft aus dem Körper gesogen. »Keine Sorge«, murmelte er. »Es kommt alles in Ordnung. Du wirst sehen.«

Sergio packte sein Handgelenk. »Juan, bitte. Sag Ana …«

»Mach voran, Mann!«, sagte der Fahrer. »Wir haben nicht die ganze Nacht!« Er zog Juan heraus und stieß ihn beiseite. Juan landete auf dem staubigen Waldboden. Er hatte keine Eile aufzustehen.

Der Mann mit der Pistole stand ein paar Meter abseits und betrachtete die Szene, die Arme vor der Brust verschränkt. Seine Waffe ruhte in der Ellenbogenbeuge.

»Lauf«, sagte er. »Halt dich auf dem Weg, und du bist in einer Stunde draußen. Kümmer dich nicht um die Wildschweine.«

»Und er?« Juan stand auf und klopfte sich die Hose ab. »Was geschieht mit ihm?«

»Kümmer dich nicht um den. Ab jetzt.«

Und er lief. Drei Schritte, vier. Sein Herz pochte wie rasend. Sieben, acht, neun. Er lauschte auf Geräusche von hinten, ob der Mann mit der Pistole sich in Position bringen würde, um zu schießen. Er lief weiter, aber es dauerte lange, bis er sicher war, dass wirklich niemand schießen würde. Als er längst außer Sicht war, fing er an zu rennen. Dann hörte er, wie die Kofferraumhaube zugeschlagen wurde.

Mein Wagen, dachte Juan. Wohin wollen sie mit meinem Wagen? Wohin wollen sie mit Sergio? Dann wurde der Motor angelassen.

Es tat gut, zu laufen und in Sicherheit zu sein. Juan sah den Wald wie eine Märchenlandschaft, ungefährlich, verzaubert, trotz seiner Einsamkeit unter den schweigenden Pinien. Unterwegs begegnete er keiner Menschenseele. Der Weg dauerte länger als eine Stunde. Als er endlich das Dorf erreichte, mit staubigen Schuhen wie ein Landstreicher, war er vor allem durstig. Der Hof des Schrotthändlers war das Erste, auf das er stieß. Der Mann war misstrauisch, aber er ließ ihn telefonieren. Juan rief seine Frau an. Dann die Polizei. Ein Polizeiwagen kam und brachte ihn nach Hause. Die ersten Aussagen nahmen sie auf, während er am Küchentisch saß und etwas aß. Er hatte wirklich Hunger. Den Rest erledigten sie am nächsten Morgen auf der Wache.

»Den Rest«! Was war der Rest? Natürlich sprach die Polizei mit Ana, dann sprach Ana mit Juan, und immer wieder stieß er beim Erzählen an die unsichtbare Grenze, den Augenblick, in dem er losgelaufen und Sergio im Kofferraum geblieben war.

»Du hast ihn zurückgelassen«, sagte Ana. Sie duzten sich, wie sie es bei ihrem seltsamen Abendessen getan hatten.

»Ana«, sagte er. »Sie haben Sergio bei sich behalten. Sie haben mich weggeschickt und ihn behalten.«

»*Es wird nicht lange dauern!* Herrgott! Ihr wart zusammen in diesem verfluchten Kofferraum. Ihr seid Freunde!«

Es hatte keinen Sinn, mit ihr darüber zu sprechen. Nach dem dritten Mal hörte Juan auf, die Pistole zu erwähnen. In Anas Augen war die Pistole eine Entschuldigung. Eine Woche später tauchte nördlich von Segovia das ausgebrannte Wrack seines Wagens auf. In der Verkleidung des Kofferraums fand man ein verkohltes Telefon mit unlesbarer Speicherkarte.

Und so ging es zu Ende, ohne ein Ende zu finden. Ana wartet, aber wer weiß, ob sie noch an Sergios Rückkehr glaubt? Sie und Juan haben sich länger nicht gesehen.

Eine Mutter

Dass ihr Telefon nicht funktionierte, merkte Maribel erst am späten Vormittag. Ihre Tochter hätte anrufen sollen, um zu erzählen, wie es beim Vorstellungsgespräch in Oviedo gelaufen war. Maribel wusste nicht, ob es ein gutes oder ein schlechtes Zeichen war, dass Cristina um elf Uhr noch nicht angerufen hatte. Aber sie war der Frage nicht nachgegangen und hatte sich auf dem Sofa ausgeruht.

In diesen Tagen bekam Maribel schnell müde Füße, und es tat gut, sie hochzulegen. Maribel schob sich am liebsten das Kissen mit dem seidigen Stoff darunter, das sie heruntergesetzt im Corte Inglés gekauft hatte. Sie wusste nicht, ob es echte Seide war, aber wenn unechte Seide so schön kühlte, wollte sie nie wieder etwas anderes haben.

In letzter Zeit war es ihr einige Male passiert, dass sie auf dem Sofa eingeschlafen war, wenn sie sich nur ein Minütchen ausruhen wollte. Maribel wachte immer mit einem leisen Schuldgefühl auf, aber sie musste zugeben, dass ihr Nickerchen sie erfrischt hatte. Nachts dagegen schlief sie gar nicht mehr gut. Die Hüftoperation lag jetzt schon zwei Jahre zurück, aber wenn Maribel genau darüber nachdachte, hatte sie seitdem keine fünf Nächte mehr durchgeschlafen. Kein Wunder, dass sie so müde Füße hatte.

Sie erwachte mit einem Zucken und setzte sich hastig die Brille auf. Schon Viertel vor zwölf! Ob sie das Telefon überhört hatte? Sie ging zum Gerät und hob den Hörer ab. Die Leitung war tot. Sie stellte sich vor, wie Cristina sie ein ums andere Mal zu erreichen versucht hatte. Cristina musste denken, das Vorstellungsgespräch sei ihr egal.

»Wenn sie wüsste …!«, sagte Maribel laut.

Cristina hatte ihr bei ihrem letzten Besuch gesagt, sie führe Selbstgespräche. Ob sie das wisse? Das war Maribel unangenehm gewesen. Was war eigentlich so schlimm daran, ein paar Sätze laut zu sprechen, statt sie sich zu denken? Das störte doch niemanden.

Cristina hatte zu ihrer Mutter noch andere Dinge gesagt. Sie sei zu viel allein, sie solle mehr unter Leute gehen und sich mit einer Freundin zum Kaffee verabreden. Aber Maribel hatte nicht das Gefühl, ihr fehle etwas. In ihrer Wohnung fühlte sie sich wie in einer Burg. Nur das Telefon musste repariert werden. Es gab eine Servicenummer, die man anrufen konnte.

Maribel öffnete die linke Küchenschublade und holte ihr Mobiltelefon heraus. Cristina hatte darauf bestanden, dass sie sich eins anschaffte, heutzutage sei das eine Frage der Sicherheit. Maribel stellte das Gerät an und wartete. Sie war sich nicht mehr sicher, was ihr Sicherheitscode war, also nahm sie den Zettel heraus, auf dem sie die Ziffernfolge notiert hatte. Als der kleine Bildschirm aufleuchtete, tippte sie die Zahlen vorsichtig ein. Bevor ihr Finger eine Taste drückte, sprach sie die Zahl laut. Nach der vierten Zahl und dem letzten »OK« machte das Telefon »pling!«.

Das war geschafft.

In Maribels Telefon waren vier Nummern gespeichert: Cristina, Friseur, Notdienst, Polizei. Cristina hatte die Nummern eingegeben. Aber Maribel hatte noch keine von ihnen benutzt. Sie fand die Gebühren zu hoch.

Die Servicenummer stand in den Gelben Seiten. Maribel

wählte und sah auf den weißen Radiowecker mit Digital-
anzeige, den Arturo 1974 angeschafft hatte.

Es war 12:07 Uhr.

Seit Arturo von ihr gegangen war, stand der Radiowecker
im Wohnzimmer, damit Maribel ihn tagsüber sehen konnte.
Tagsüber fehlte Arturo ihr am meisten. Sie konnte sich noch
genau daran erinnern, wie Arturo den Radiowecker gleich
nach dem Kauf ausgepackt und ins Schlafzimmer gestellt
hatte, auf die lange Nachttischablage, genau in die Mitte
zwischen seiner Betthälfte und ihrer. Und wie schön die roten | 61
Zahlen im Dunkeln geleuchtet hatten. Kaum hatte Arturo
ihn aufgestellt, setzte Maribel sich aufs Bett und sah dem
Wecker ein paar Minuten lang zu, weil sie sich an der
Schönheit der Zahlen nicht sattsehen konnte. Ihr fiel auf,
dass Minuten sehr langsam verstreichen, wenn man ihnen
dabei zusieht. Wenn man dagegen nicht auf sie achtet und
einfach etwas tut, was einem Spaß macht, fliegen sie nur so
dahin.

Sie hatte Arturo davon erzählt. Er hatte ihre Hand genommen und gesagt: Deswegen vergeht mein Leben mit dir
wie im Flug.

Sie wusste noch genau, wie er sie dabei angesehen hatte.
Und sie hatte ihn angesehen und dann wieder den schönen
Radiowecker. In den ersten Wochen nach dem Kauf hatte sie
die Schlafzimmertür mit besonderer Spannung geöffnet, nur
weil sie wusste, dass dort der Wecker mit seinen schönen
Zahlen stand.

Am Telefon hörte sie eine Stimme, die ihr sagte, sie solle
die Sternchentaste drücken. Maribel drückte die Sternchentaste. Dann wurde sie aufgefordert, die Nummer des beschädigten Telefons einzugeben. Maribel tat es. Dann sollte sie
»eins« sagen, sofern es sich um einen Schadensfall handelte.
Sie sagte »eins«. Dann ertönte eine Melodie, der Maribel

eine Weile zuhörte. Und dann vernahm sie eine menschliche Stimme.

»Technischer Hilfsdienst der Telefónica, am Apparat Mónica. Womit kann ich Ihnen helfen?«

»Meine Telefonleitung funktioniert nicht«, sagte Maribel.

»Wie ist Ihre Telefonnummer?«

Maribel gab Mónica die Telefonnummer.

»Wie ist Ihr Name?«

»Maribel García Calderón.«

»Doña Maribel, was stimmt mit der Leitung nicht?«

»Sie funktioniert nicht. Ich höre keinen Ton. Meine Cristina wollte mich anrufen. Sie hatte heute in Oviedo ihr Vorstellungsgespräch.«

»Doña Maribel, ich werde es weitergeben. Die Reparaturabteilung setzt sich mit Ihnen in Verbindung.«

»Wann?«, fragte sie. »Meine Cristina will doch anrufen, wie es mit dem Vorstellungsgespräch war.«

»Ich gebe die Nachricht sofort weiter, Doña Maribel. Innerhalb von achtundvierzig Stunden setzt sich die Reparaturabteilung mit Ihnen in Verbindung.«

»Geht es nicht etwas früher, Mónica? Wenn Sie denen sagen, dass es dringend ist?«

»Doña Maribel, die Reparaturabteilung hat achtundvierzig Stunden Zeit, um Ihr Problem zu lösen. So steht es in Ihrem Vertrag. Ich gebe die Nachricht sofort weiter, versprochen.«

»Vielleicht könnte ich selbst mit der Reparaturabteilung sprechen, um ihnen das Problem zu erklären?«

»Wir haben keine Nummer der Reparaturabteilung, Doña Maribel. Die Reparaturabteilung meldet sich bei Ihnen. Einverstanden?«

Mónica hatte aufgelegt. Zu spät fiel Maribel ein, dass Mónica sich widersprochen hatte. Wenn Mónica keine Telefonnummer der Reparaturabteilung hatte, wie konnte sie den

Schaden dann an die Reparaturabteilung weitergeben? Das ergab keinen Sinn.

Es war 12:09 Uhr.

Maribel rief noch einmal an, drückte die Sternchentaste, gab die Nummer des beschädigten Telefons ein und sagte wieder »eins«. Nach der Melodie, die ihr jetzt schon vertraut vorkam, meldete sich eine sympathische Stimme, die sich als Verónica vorstellte.

»Könnte ich mit Mónica sprechen, bitte?«

»Das geht nicht«, sagte Verónica.

»Warum nicht?«

»Wir können nicht verbinden.«

»Aber …«, sagte Maribel. »Sie sitzen doch am Telefon!«

»Wir sitzen an Bildschirmen.«

»Das verstehe ich nicht. Sie haben doch einen Hörer in der Hand?«

»Nein. Wir sitzen vor einem Bildschirm und haben Kopfhörer auf.«

»Oh«, sagte Maribel und versuchte sich vorzustellen, was Verónica gesagt hatte. »Aber vielleicht kennen Sie Mónica?«

»Ich kenn hier nur drei oder vier Mädchen.«

»Und keines von ihnen heißt Mónica?«

»Nein. Es gibt Sandra, Olga, Amparo. Aber keine Mónica.«

»Dann könnten Sie …« Maribel musste überlegen, wie sie es am besten ausdrückte. »Könnten Sie in Ihrem Computer nach Mónica suchen? Ich muss ihr etwas Wichtiges sagen.«

»Vielleicht kann ich Ihnen ja auch weiterhelfen?«

»Na gut. Ich hätte gern mit der Reparaturabteilung gesprochen.«

»Haben Sie eine Schadensnummer?«

»Schadensnummer? Nein. Was ist das?«

»Wenn Sie einen Schaden gemeldet haben, gibt es eine Schadensnummer. Wie war Ihr Name? Der vollständige Name?«

»Maribel García Calderón.«

»Ausweisnummer?«

Maribel nannte ihre Ausweisnummer. Sie konnte hören, wie in Verónicas Umgebung sehr schnell getippt wurde. Sie fragte sich, wie groß das Büro war, in dem Verónica saß.

»Da haben wir Sie«, sagte Verónica. »Und da ist die Schadensnummer. Ausgezeichnet. Doña Maribel, es ist alles in Ordnung.«

»Sie meinen, mit meinem Telefon? Kann ich es wieder benutzen?«

»Nein, mit Ihrem Schadensvorgang. Es ist alles ordnungsgemäß auf dem Weg. Der Reparaturdienst wird sich bei Ihnen melden.«

»Ich hatte gedacht«, sagte Maribel, »ich rufe mal selbst bei denen an. Erkläre ihnen, was passiert ist. Ein persönliches Wort wirkt oft Wunder.«

»Nicht bei denen. Außerdem geht es nicht. Wir können nicht verbinden.«

»Das hat Mónica auch gesagt! Hören Sie, ich kann das nicht verstehen. Wenn Sie dem Reparaturdienst sagen können, was meine Schadensnummer ist, dann können Sie mich doch auch mal mit denen verbinden. Nur kurz. Meine Cristina könnte jeden Augenbl-«

»Wir telefonieren aber nicht mit dem Reparaturdienst«, sagte Verónica.

»Na, hören Sie mal!« Maribel wurde allmählich ungehalten. »Wo gibt's denn sowas, eine Telefonfirma, in der man nicht telefonieren kann!«

»Wir kommunizieren miteinander über den Bildschirm, Doña Maribel. Das geht viel schneller.«

»Nicht für mich«, sagte Maribel. »Na gut. Dann schauen Sie doch mal auf Ihren Bildschirm, was da steht.«

»Bei der Schadensbeschreibung, meinen Sie?«

»Ja.«

»Hier steht: ›Leitung gestört‹.«

»Das ist alles?«

»Ja, Doña Maribel.«

»Finden Sie das nicht ein bisschen wenig?«

»Eigentlich kommt es mir völlig ausr-«

»Und was steht noch da?«, sagte Maribel.

»Was meinen Sie mit ›noch‹?«

»Ob das alles ist. Über den Schaden.«

»Ja, das sagte ich doch, Doña Maribel. ›Leitung gestört‹. Damit kann die Reparaturabteilung eine Menge anfangen.«

»Steht auch dabei, dass es dringend ist? Meine Cristina hat es inzwischen vielleicht schon fünfmal probiert, und sie wird denken … Ach, ich weiß nicht, was sie denken wird …« Der Gedanke, dass Cristina etwas Falsches von ihr denken könnte, machte Maribel traurig. »Es ist nämlich so, dass Cristina es neulich schon einmal ganz lange probiert hat, und ich war nicht da, aber Cristina wusste das nicht. Ich gehe sonst kaum aus. Und da dachte meine Cristina, ihre Mutter läge …« *Tot in der Küche*, wollte sie sagen, aber das traute sie sich einem fremden Menschen gegenüber doch nicht. »Verónica, wenn ich Sie so nennen darf. Haben Sie Kinder, Verónica? Wenn ich fragen darf?«

»Ich? Nein, nein. Ich bin zweiundzwanzig. Kann ich Ihnen sonst noch behilflich sein?«

»Ja«, sagte Maribel und nahm allen Mut zusammen. »Sie können mir sagen, was ich jetzt tun soll.«

Einige Sekunden lang hörte Maribel nur das Klappern von Tastaturen im Hintergrund, und jetzt kam es ihr so vor, als sitze Verónica zusammen mit vielen anderen in einem sehr großen Saal.

»Jetzt kann ich es hören«, sagte Maribel.

»Was?«

»Ich höre den Saal, in dem Sie sitzen. Das müssen unglaublich viele Menschen sein in Ihrer Umgebung. Wie in einer Bahnhofshalle. Oder in einem Bienenstock.«

»Da sagen Sie was, Doña Maribel. Das Ding ist gigantisch.«

»Fühlt man sich da nicht einsam? Ich meine, wenn man unter so vielen Menschen nur drei oder vier Mädchen kennt.«

»Wirklich kennen tu ich die auch nicht. Sandra hat mir mal was von ihrem Sandwich abgegeben. Daher kenne ich sie.«

»Das war aber nett von Sandra.«

»Fand ich auch«, sagte Verónica.

»Das Leben könnte ganz anders sein, wenn man sich mehr um seine Mitmenschen kümmern würde«, sagte Maribel. »Ich muss oft darüber nachdenken. Meine Cristina hat mir neulich von einer Freundin erzählt, die in großer Not ist. Die Freundin … Ich weiß gar nicht, wie ich das ausdrücken soll. Die Freundin bekommt ein Kind. Aber sie will es nicht behalten. Können Sie sich das vorstellen, Verónica? Diese Freundin bekommt ein Kind, weiß aber nicht, wie sie es aufziehen soll, wer die Windeln bezahlt. Vielleicht weiß sie nicht einmal, wer der Vater ist.«

»Das hat Ihre Tochter Ihnen erzählt?«

Verónicas Frage, so kam es Maribel vor, schwebte still in der Leitung wie im unermesslichen Universum, und nur noch ganz weit im Hintergrund hörte sie das Klappern der Tastaturen. Inzwischen klang es vertraut. Maribel verspürte den Wunsch, diesen großen Saal bei Telefónica einmal zu sehen. Sie wollte hindurchlaufen und ihn sich genau ansehen. Vielleicht gab es Möglichkeiten, ihn etwas menschlicher zu gestalten.

»Verónica?«, sagte sie. »Sind Sie noch da?«

»Ja, ich bin noch da. Was hat Ihre Tochter Ihnen denn sonst noch erzählt?«

»Dass ihre Freundin nicht weiß, was sie jetzt tun soll.«

»Das kann ich mir vorstellen. Hat sie einen Namen, diese Freundin?«

»Da fragen Sie mich was, Verónica. Meine Cristina hat einen Namen genannt, glaube ich, aber ich komme jetzt nicht mehr darauf. Sie sind sehr nett, Verónica, dass Sie sich die Nöte einer alten Frau anhören.«

»Kein Problem.«

»Meine Cristina hat mir die Frage ganz direkt gestellt. Mama, hat sie gesagt, was soll ich dieser Freundin raten?«

»Und was haben Sie ihr geantwortet?«

»Dass ich es nicht weiß. Natürlich weiß ich, was unsere heilige Kirche darüber denkt, aber ich kenne die persönlichen Umstände dieser Freundin doch nicht. Kommt es nicht auf die persönlichen Umstände an, Verónica? Ist nicht jeder Mensch verschieden?«

»Sie wussten also auch keine Antwort? Sie konnten Ihrer Tochter nicht sagen, was sie ihrer Freundin raten soll? Doña Maribel?«

»Nein. Ich konnte meiner Tochter nicht sagen, was sie ihrer Freundin raten soll.«

»Wenn Sie sich aber die Notlage vor Augen führen, in der diese Freundin steckt, wird doch klar, dass sie etwas tun *muss*. Sie kann nicht dasitzen und nichts tun. Das lässt ihre Situation nicht zu. Sie muss eine Entscheidung treffen. Und zwar schnell.«

»Was wollen Sie damit sagen?«

»Dass es Fragen gibt, die sich nicht aufschieben lassen, glaube ich. Dass diese Freundin die Einzige ist, die nicht sagen kann: Darüber denke ich morgen oder übermorgen nach, in ein paar Tagen fällt mir etwas dazu ein. Nein. Das alles kann diese Freundin nicht sagen. Denn ihr Problem … Wie soll ich sagen, Doña Maribel?« Verónicas Stimme war jetzt ganz nah, und das unaufhörliche Klappern der Tastaturen klang wie das weit entfernte Rauschen der Brandung. »Ihr Problem ist absolut dringend. Das meinte ich. Wer ihr damit helfen will, muss ihr *jetzt* helfen.«

»Da haben Sie wohl recht«, sagte Maribel kleinlaut. Sie fragte sich, ob sie in dem Gespräch mit Cristina wirklich ihr Bestes gegeben hatte. Sie war schon etwas müde gewesen, sie hatte von dieser Freundin noch nie zuvor gehört, womöglich war sie an diesem Tag nicht ganz so aufgeschlossen, wie es die Situation verlangt hätte. Ob Cristina enttäuscht von ihr gewesen war? Ob Cristina mehr erwartet hatte? Andererseits hätte Maribel auch jetzt nicht zu sagen gewusst, welchen Rat sie dieser Freundin geben sollte. Die Meinung der heiligen Kirche war ja unverändert. Die heilige Kirche wollte, dass die kleinen Kinder auf die Welt kommen. Die Freundin hatte kein Geld. Der Verbleib des Vaters war ungewiss, wenn Maribel das richtig verstanden hatte. Und wovon sollten die junge Mutter und ihr Baby leben? Offenbar gab es keine Angehörigen, auch wenn das schwer zu glauben war. Vielleicht war die werdende Mutter ja mit ihren Eltern zerstritten. Es gab keine Vertrauensbeziehung mehr, man sah sich nicht mehr, teilte nichts mehr, und natürlich klopfte niemand mehr beim anderen an die Tür, um in der Not um Hilfe zu bitten. Wenn es so war, dachte Maribel, dann waren das sehr schwierige Umstände.

»Wollen Sie Ihre Tochter nicht noch einmal darauf ansprechen?«, sagte Verónica.

»Worauf?«

»Na, einfach mal nachfragen, wie die Dinge mit der Freundin stehen. Damit könnten Sie zeigen, dass Sie das Thema nicht beiseitegeschoben haben, auch wenn Ihnen seinerzeit nicht viel dazu eingefallen ist.«

»So würde ich das auch wieder nicht ausdrücken, Verónica. Es ist ja nicht so, dass mir nichts dazu *eingefallen* wäre! Es sind mir eher zu *viele* Dinge dazu eingefallen.«

»Ich glaub, wir müssen Schluss machen, Doña Maribel. Wir dürfen hier eigentlich nicht über Privatangelegenheiten reden.«

»Ich habe mich wirklich gern mit Ihnen unterhalten«, sagte Maribel. »Sie könnten mir noch sagen, was ich jetzt tun soll. Mit dem Anruf meiner Cristina.«

»Oh, natürlich. Das Mobiltelefon, mit dem Sie mich angerufen haben? Mit dem könnten Sie auch Ihre Tochter anrufen, Doña Maribel. Wäre das eine Lösung?«

Maribel spürte das warme Gerät an ihrem Ohr. Ihr ging auf, dass sie schrecklich dumm gewesen war. Manchmal lag die Lösung direkt vor einem. Man musste nur die Augen öffnen.

»Danke«, sagte sie. »Das war sehr lieb von Ihnen. Ich wünsche Ihnen viel Glück in … Sie wissen schon, Ihrer Bahnhofshalle.«

»Danke für Ihren Anruf, Doña Maribel. Bitte legen Sie noch nicht auf. Nach dem Ende dieses Gesprächs können Sie die Leistung Ihrer Kundenbetreuerin bewerten. Vielen Dank für die Geduld. Haben Sie noch einen schönen Tag.«

»Sie auch«, sagte Maribel. »Den wünsche ich Ihnen von ganzem Herzen.« Sie wollte noch etwas sagen, was Verónica Freude machte, da hörte sie schon eine Ansage, die ihr erklärte, dass sie die Leistung ihrer Kundenbetreuerin mit Punkten bewerten könne. Zehn Punkte bedeuteten, sie wäre mit dem Service hochzufrieden, ein Punkt bedeutete, sie wäre mit dem Service überhaupt nicht zufrieden.

Maribel hörte geduldig zu, bis die Ansage zu Ende war.

Dann sagte sie mit klarer Stimme: »Zehn Punkte, natürlich.«
Sie wollte nicht, dass sie missverstanden wurde. Als sie kei-
nerlei Reaktion hörte, sagte sie: »Ich wollte noch ein persönliches Wort anfügen, falls sich jemand dafür interessiert. Ein
Wort an die Firmenleitung.« Sie wusste nicht weiter, und das
machte sie nervös. »Zur menschlichen Qualität Ihrer Mit-
arbeiterinnen«, sagte sie und rückte die Brille zurecht. »Man
weiß nicht immer, was man erwarten kann. Sehen Sie, ich bin
eine alte Frau, und diese modernen Geräte, Sie wissen es ja.
Mein Telefon ist kaputt. Und dann ruft man an und will nur,
dass einem nett geholfen wird. Aber heute, das war so viel
mehr, als ich Ihnen … Ich wollte jedenfalls, dass Sie wissen,
wie freundlich Ihre Verónica zu mir gewesen ist. Leider kenne
ich ihren Nachnamen nicht, aber sie ist zweiundzwanzig
Jahre alt und sicherlich sehr hübsch, und ihre Freundin heißt
Sandra, das müsste sich doch herausf-«

Über die Mädchen von Havanna

Die Nachtischteller waren abgeräumt, die Kaffeetassen fast geleert. Einige von uns hatten Brandy bestellt. Bevor er sich um die Getränke kümmerte, ging der Kellner vor das Restaurant und prüfte die Luft. Wir sahen, wie der Madrider Nachtwind ihm ins Haar fuhr, aber an seinem zusammengekniffenen Mund erkannten wir, dass es immer noch drückend heiß war.

»Ich wette, es sind über dreißig Grad«, sagte einer von uns. »Wer hält dagegen?«

Esteban sah den Sprecher an, dachte aber nicht an eine Erwiderung. »Das schönste Mädchen, das ich je gesehen habe«, sagte er in die Stille hinein und blickte in die Runde. »Am letzten Abend in Havanna. Meine kleine Schülerin. Ich wollte sie retten.«

Wir kannten Estebans angeberischen Ton, sein gewolltes Draufgängertum, mit dem er uns bei unseren Männeressen ebenso einschüchterte wie unterhielt. Wenn es einen Angeber unter uns gab, dann ihn.

»Manchmal wollen wir etwas, was wir nicht wollen, selbst ein Idiot wie ich.« Sein Lachen kam wie aus einer Tonne. Esteban war ein massiver Kerl, sein Bauch und die runden Arme waren die eines Bären. »Ja, das schönste Mädchen meines Lebens. Ich erinnere mich an kein schöneres. Diese Kubanerin bot sich mir an, als ob es ganz natürlich gewesen wäre, zusammen mit ihrer Freundin, die mich nicht interessierte.«

Da wurden wir still. Vielleicht kam jetzt endlich seine Geschichte über Kuba. Wir hatten nicht mehr damit gerechnet. Woche um Woche schien Esteban aufzuschieben, was er uns erzählen wollte, als hätte er uns an keinem unserer Montagstreffen für würdig befunden, ihm zuzuhören. Jetzt sank er zurück und schien nachzudenken, eine seltene Haltung bei ihm. Wir stießen uns an. Einer von uns schnaufte.

»Nein«, sagte Esteban, »die Freundin interessierte mich gar nicht. Sie war ein durchtriebenes Biest, das sah ich sofort, eine Schlange, keine Freundin für … meine. Die andere.« Er atmete aus. »Die andere hat mich umgeworfen. Also«, sagte er lauter, »guckt nicht so trüb, ihr habt mit dieser Geschichte nichts zu tun. Seid froh darum.«

Wir schwiegen, aber einer von uns warf Esteban einen missbilligenden Blick zu. Esteban bemerkte es nicht. Er schaute sich im Restaurant um, das sich zu leeren begann. Wir trafen uns gern dort, baskische Küche in der Nähe des Atocha-Bahnhofs, wo kaum jemand viel Geld fürs Essen ausgibt. Auch der Wein war bezahlbar. Als er sich uns wieder zuwandte, hatten sich Estebans Augen verschleiert, kleine, dunkle Augen, die erst lebendig wurden, wenn er lachte. Aber jetzt war ihm nicht nach Lachen zumute.

»Also gut. Ich hatte die Geschäfte in Havanna erledigt. Ich hatte die Italiener getroffen, die Holländer getroffen und mich mit den Kubanern herumgeschlagen, die nicht kapierten, dass sie ihr elendes Land mit besseren Elektrogeräten ausstatten müssen. Mit Verrat an der Revolution hat das gar nichts zu tun. Keine Revolution ohne vernünftige Taschenlampen. Kein Fortschritt ohne Toaster und Klimaanlagen. Ich habe mir den Mund faserig geredet, und ihr wisst, wie ich reden kann. Sie haben es nicht kapiert. Ich war sogar nach

Matanzas hinausgefahren und hatte mir ihr uraltes Werk für Haushaltsgeräte angesehen, und am liebsten hätte ich den ganzen Rückweg über gelacht. In Havanna wohnte ich in einem Hotel am Parque Central, in dem die Aufpasser in der Lobby Signale darüber austauschten, wann sie für wen ein Mädchen hereinlassen durften, die Bezahlung musste stimmen, dann ließ sich alles regeln. Später begriff ich, dass die meisten Hotels so funktionierten. Die Aufpasser zu schmieren war teurer als das Mädchen. So viel zur Klassensolidarität. Wisst ihr, was der große bärtige Führer über seine kleinen Nutten gesagt hat?«

Niemand von uns kannte Havanna. Niemand wusste, was der große bärtige Führer über seine kleinen Nutten gesagt hatte.

»Die gebildetsten Prostituierten der Welt. Und diese Mädchen taten alles.« Er sah uns an, einen nach dem anderen. »Jedenfalls einige von ihnen.« Er nahm einen Schluck Rotwein und befeuchtete sich die Lippen. »Es war der letzte Abend, ich erwartete nichts mehr. Ich wollte auch nicht mehr auf die Jagd gehen, ich war müde, Mensch, ich hatte so viele Mädchen gehabt, wie die Geschäfte vertrugen. Und da spricht mich auf der Hotelterrasse dieses unglaubliche Geschöpf an. In New York hätte ich sie gefragt: Bist du überhaupt schon achtzehn? Aber wir waren nicht in New York.«

Wir hatten längst aufgehört, die Gläser auf dem Tisch zu drehen. Als der Brandy kam, sah niemand den Kellner an. Einer von uns schob sanft die Kaffeetasse beiseite, als müsste er Platz für eine Aufführung schaffen.

»Sie hätte gar nicht da sein dürfen, oben auf der Terrasse im fünften Stock, auch wenn sich niemand von den Gästen dort aufhielt außer mir. Sie musste mit einem der Aufpasser zusammenarbeiten, der mitkassierte. Warum niemand der übrigen Gäste die Terrasse benutzte, weiß ich nicht, Hotelgäste sind ahnungslos, sie nehmen nur, was direkt vor ihren dummen Augen liegt. Die Terrasse war *meine* Terrasse. Ich stand immer dort oben, bevor ich zur Jagd aufbrach oder wenn ich die Jagd erfolgreich hinter mich gebracht hatte, erst abends um elf, dann nachts um drei, wenn ich die Mädchen herausgeschafft hatte, natürlich auch am letzten Abend, an dem ich kein Mädchen mehr erobern wollte und trotzdem auf den Park und das Kapitol und den dunklen Paseo del Prado hinunterschaute, um mich daran zu erinnern, dass ich es *konnte*, sobald mir dort oben im fünften Stock danach zumute war. Es war kurz nach Mitternacht, vielleicht später, ich weiß es nicht mehr. In Havanna gerät die Zeit durcheinander. Alles geht unendlich langsam, aber man selbst empfindet schneller. Überall wartende Menschen, aber man selbst glaubt, man müsste sich beeilen, um nichts zu verpassen. Deswegen schläft man so wenig. Oder es sind die Rufe der Straßenverkäufer am frühen Morgen, die einen aus dem Bett treiben. Egal. Ich stand in der lauen, windigen Salzluft, hatte Zigaretten und eine Dose kubanisches Bier, kein übles Bier, so wie unser Estrella. Ich stand auf dem Aussichtsturm und sah auf mein düsteres Reich hinunter. La Habana. Mein Jagdgebiet.«

»Und sie«, sagte einer von uns. Wir anderen zuckten zusammen.

»Sie«, sagte Esteban. »Sie war ... Also, die Mädchen werden direkt in die Zimmer der Gäste geschleust, anders geht es nicht, die Rezeption darf nichts sehen und nichts hören, es sei denn, sie wird geschmiert. Die Aufpasser kümmern sich darum oder halten einem den Rücken frei. Der Gast und das Mädchen huschen die Treppe hoch, was sicherer ist als der Aufzug, dann verschwinden sie im Zimmer und kommen vor fünf Uhr morgens wieder heraus, um nicht von der Putzkolonne oder irgendwelchen Frühaufstehern entdeckt zu wer-

den. Anders geht es nicht. Deswegen kommt es einfach nicht
vor, dass eine Kubanerin, die nicht zum Hotelpersonal gehört,
frei im Gebäude herumspaziert. Das wäre wie ein Juwelen-
dieb mit einem Haufen Perlenketten im Arm. Es kommt
nicht vor. Das Ganze ist ein kompliziertes System, das man
studieren muss. Sonst macht man sich lächerlich oder wird
von der Polizei befragt. Vielen Dank, nicht mit mir. Ich hatte
meinen Ärger am ersten Abend gehabt, als ich Blödmann ein
Mädchen mitbringen wollte wie in jedem spanischen Hotel
und der Mann an der Rezeption mir sagte, dass es gegen das | 75
Gesetz verstößt, eine Kubanerin mitzubringen. Ich war sauer,
ihr hättet mich sehen sollen. Ich war drauf und dran, ihn am
Kragen zu packen. Und währenddessen steht meine dumme
Kuh daneben und glotzt. Ein Körper wie eine Zehnkämpferin, aber dumm wie ein Suppenhuhn. Knallrote Zehennägel,
ein Kettchen am Fußgelenk, sieben Ringe an den dunklen
Fingern. Sie lieben billigen Schmuck. Die Kuh hätte mich
warnen können. Ich konnte es gerade noch regeln. Später im
Bett wusste die Zehnkämpferin wieder, was sie zu tun hatte.«
    »Und sie«, sagte einer von uns. »Die andere.«
    »Herrgott! *Sie*!« Er runzelte die Stirn, auf der ein paar
dünne Strähnen klebten. »Sie stand auf einmal hinter mir, auf
der Dachterrasse, während ich die schattenhaften Bewegungen auf dem Paseo del Prado beobachtete und mir überlegte,
dass ich keine Jagd mehr wollte. Ich war erschöpft, wie gesagt.
›Was meinst du, zehn Dollar für uns beide? Fünf für jede. Wir
kommen mit in dein Zimmer. Hast du Lust?‹ Eine Stimme
wie … hell, weich. Hätte sie gesungen, es wäre eine Habanera
gewesen. Ich hatte mich beim ersten Laut umgedreht, wie es
jeder von euch getan hätte, ich konnte ihr schon ins Gesicht
sehen, als sie die letzten Worte sagte.«
    Einer von uns schenkte gerade Wein nach, aber jetzt hielt
er inne. Esteban sah uns wieder einen nach dem anderen an.

»Ich habe immer gedacht, das wäre nur eine Redensart, *seinen Ohren nicht trauen.* Aber so war es. Ich traute meinen Ohren nicht. Aber was noch schlimmer war, ich traute meinen Augen nicht. Sie war so jung, dass es mir den Atem nahm. Sie war schlank, mittelgroß, hatte ein ebenmäßiges, egal, ein Mädchengesicht, das in Träume gehört, ein Schülerinnengesicht, aber nichts Schmutziges darin, nichts für die üblichen Phantasien. Ihr hättet sie sehen sollen. Sie wirkte unschuldig. Rein. Sie trug eine Brille mit schwarzer Fassung, die ihr unglaublich gut stand, man sieht in Havanna nicht viele Mädchen mit Brille. Nur alte Musiker mit lupendicken Gläsern. Wenig später schaute ich wirklich auf ihre Finger, ob Tinte daran war.«

»Und?«, fragten wir.

»Und was?«

»War Tinte daran?«

»Nein. Ihre Fingernägel waren transparent lackiert, dezent, auch das eine Seltenheit in Havanna. Ihre Haut, helles Braun. Das Haar schwarz, das überrascht euch nicht, aber in Kuba gibt es viele Arten von schwarzem Haar, es ist nicht immer gleich. Nachher sage ich noch etwas zu Kraushaar, Zöpfen, Spangen, Perlen und Haarlack, erinnert mich daran. Ihres war eher italienisch. Damit könnt ihr doch etwas anfangen, hm? Und die Augen waren nicht nur schön, offen und sympathisch, sondern voller Humor, vielleicht eine Spur Koketterie darin, aber so, dass man dachte, sie ist lustig, ein Kamerad für ausgefallene Streiche. Ihre fürchterliche Freundin hatte ich aus dem Augenwinkel gesehen, aber noch immer klangen die Sätze meiner Schülerin nach. Da sagte sie wieder etwas. Es war, als legte sich das Dröhnen eines Gongs über einen früheren Gongschlag, der noch längst nicht verhallt ist, ein Schlag jagt den anderen, so dass es in den Ohren schmerzt. Sie sagte: ›Wie steht's? Zwei für zehn Dollar. Du würdest was verpassen.‹«

Esteban nahm die Flasche, sah mürrisch auf das Etikett und goss sich ein.

»Nehmt euch«, sagte er und überließ uns die Flasche. Aber wir hatten uns schon genommen. Esteban sah nicht auf unsere Gläser und nicht auf uns. Er schaute stumpf über den Tisch hinweg. Seine Fingernägel tickten unrhythmisch auf dem Weinglas.

Esteban wohnte an der Plaza Legazpi und war stolz darauf, immer noch in der Nähe von Arbeitern zu leben, wie er selbst einer gewesen war. Ein erfolgreicher Mann, fleißig, ein Geldverdiener. Wir wussten, dass er seine Frau oft mit Prostituierten betrogen hatte. Erst mit spanischen Prostituierten. Dann mit Russinnen. Dann kamen die Afrikanerinnen an die Reihe. Auch Kolumbianerinnen. *Mille tre!* Er war der Einzige von uns, der freimütig davon erzählte. So wie man von einem Friseurtermin erzählt. Eine reguläre Freundin hätte gegen Estebans Familienbegriff verstoßen, das ging nicht. Dann starb seine Frau, mit siebenunddreißig Jahren. Die letzten sechs Monate ihrer Krankheit verwandelten ihn in einen älteren Mann. Mit vierzig war er eine Ruine. Die Mauern waren noch stark, aber sie umschlossen ein Nichts. Die Haare waren ihm schon vorher ausgefallen, und das Übergewicht gehörte zu ihm, seit wir ihn kannten. Jetzt schuftete er noch mehr und schaffte es nicht immer so früh nach Hause, dass er seine neunjährige Tochter vor dem Schlafengehen sehen konnte. Seine Schwester half ihm. Ein Hausmädchen war auch noch da, sie ging um sechs. Doch Esteban war nicht mit ihr zufrieden.

Vielleicht hatte er ja den ersten Kontakt zu Kuba geknüpft, weil er ein kubanisches Hausmädchen suchte, ein mütterliches Wesen, dem er seine Tochter überlassen konnte, mit Schlafliedern und allem. Dann hatte er sich gedacht, warum nicht mit Kuba Geschäfte machen? Alle hielten Kuba für uninteressant, zurückgeblieben. Warum sollte Esteban, der Fuchs, es mit den Kubanern nicht aufnehmen können? Die Schlaueren von ihnen mussten doch längst erkannt haben, dass sie bessere Haushaltsgeräte brauchten. Den Witz mit Che Guevara und dem Rasierapparat machte er natürlich nur unter Freunden. Esteban hatte eine Theorie, die er uns eines Abends darlegte. Die kubanischen Mädchen, sagte er, wollten Lippenstift, und den musste man ihnen mitbringen. Aber die kubanischen Frauen brauchten Orangenpressen, elektrische Tranchiermesser und ordentliche Mixer.

Er sagte: »Wenn sie moderne Geräte hätten, das wäre eine Revolution. Dann würden die Karten neu gemischt. Wisst ihr, warum Che Guevara starb?«

Wir wussten es nicht.

»Er starb, weil ein Schuss sein Gewehr getroffen hatte, in Bolivien. Auch seine Pistole war unbrauchbar. Alles hängt von Geräten und Ersatzteilen ab. Er konnte nicht mehr laufen, und als der Feind herankam, konnte er sich nicht einmal eine Kugel verpassen, um sich die Schmach zu ersparen, den Regierungstruppen in die Hände zu fallen. Das war der letzte beschissene Tag seines Lebens. Der Che war wehrlos, weil seine Geräte im Eimer waren. Weil die Technik versagte. Jetzt wisst ihr's.«

Fünf Monate nach dem Tod seiner Frau flog Esteban nach Havanna, den Koffer voller Seife, Damenstrümpfe, Plastikfeuerzeuge, Schulhefte, Lippenstifte und Kondome. Dazu seine Haushaltsgeräte, die er vorführen wollte, er ging schwer bepackt. Als er eine Woche später wiederkam, wirkte er noch älter als vorher und schien sich endgültig vom letzten kümmerlichen Rest seiner Jugend verabschiedet zu haben. Wir gingen mehrmals essen, und Esteban hörte sich an, was wir zu erzählen hatten. Nachdem wir ihn ein paarmal nach Kuba und den kubanischen Mädchen gefragt hatten, ohne etwas aus ihm herauszulocken, ließen wir es bleiben. Vielleicht wären wir auf ihn neidisch geworden. Man wird schnell neidisch, wenn man seine Frau nicht betrügt.

»Ich sollte euch etwas erklären«, sagte Esteban jetzt, »ihr müsst euch ein Bild machen. Den Markt besser überblicken.« Wir sahen ein Glimmen in seinen kleinen Augen. »Wenn ich sage, das schönste Mädchen, dann meine ich, schöner als die gazellenartigen Mulattinnen, die tiefschwarzen Zehnkämpferinnen, die Hellhäutigen mit den kräftigen Beinen in ihren knallengen Röcken, auch schöner als die Unschuldslämmer mit dem scheuen Lächeln oder die Kleinen, Fragilen mit den frechen Augen, ihr wisst schon, die sich das Haar kupferrot färben und zwei Ringe im Nabel tragen.«

Was wussten wir? Wir wussten gar nichts.

»Schöner als alle, die dort jeden Abend, jede Nacht im trüben Dämmer herumstrichen, überwacht von Polizisten, die manchmal mit ihnen im Bunde waren, manchmal aber auch nicht. Oft mussten die Mädchen eine Geldstrafe bezahlen, Geld, das sie nicht hatten. Manchmal wurden sie abtransportiert, eingesperrt, in ein Heim gesteckt, sozialistische Umerziehung und so weiter. Ich darf gar nicht daran denken. Aber meine … Meine war schöner als sie alle. Schöner als alle, die mich mit ihren Augen fixierten, wie euch keine Frau in keiner Stadt der Welt ansieht, auch nicht in Hafenstädten, manchmal lieb, unterwürfig, fast flehend, sich ihrer zu erbarmen und sie ein Weilchen mit aufs Zimmer zu nehmen, öfter aber selbstsicher und provokativ, zwei, drei lange Sekunden, während sie euch entgegengehen, so dass ihr schon bei der Vorstellung, ihr könntet ihnen die engen T-Shirts über den Kopf ziehen, schwach werden würdet.«

Wir wollten nicht schwach werden. Wir waren nicht schwach.

»Meine war anders. Ich hatte ja viele gehabt, ich kannte

den Markt. Nach Geld fragten sie nie, die Einzigen auf der Welt, die nicht nach Geld fragen. Ich war großzügig, aber in Maßen. Ich bin kein Ausbeuter. Bei mir verdienten sie reales Geld und mussten nicht einmal darum bitten. Dazu gab ich ihnen eine kleine Überraschung. Strümpfe, Seife, sogar Parfüm. Ich musste nur aufpassen, mich nicht zu übernehmen, versteht ihr, ich stolperte ja über diese Mädchen von morgens bis abends. Manche ließen sich von ihren Brüdern oder Freunden vermitteln, eine Sache von zwei Sätzen mitten auf

dem Gehsteig. Einmal kam ich an einer Bar vorbei, die Leute saßen auf Pappkartons draußen unter den Säulen. Ein Junger, Muskulöser bot mir gepanschten Rum an und sagte: ›Where you from? España? Gefällt dir die Kleine?‹ Und seine kleine kesse Freundin drehte sich, damit ich ihren Hintern und den knappen Rock würdigen konnte. ›You like her?‹ Und dann sie: ›Gefällt dir, eh?‹ Sie reckte mir ihre Brüste entgegen. Und ich: ›Vielen Dank. Gefällt mir sehr. Ein andermal.‹ Und der Muskulöse sagte: ›Bye-bye, amigo.‹ Ein klarer Fall, der Markt war übersättigt.«

Wenn Ekel über sein Gesicht zog, alterte Esteban um fünf Jahre. Er trank und schaute sich um.

»Nein«, sagte er, »ich jagte frei. Ohne Kuppler. Viele Mädchen streunten allein herum wie wilde Hunde, vom Vormittag bis zum frühen Morgen. Dann war es nur eine Frage des Aussehens, des Typs, ich wusste nie vorher, was den Funken bei mir entfachen würde. Nach einer Schwarzen wollte ich meistens eine Helle haben. Aber nach einer Großen konnte es ruhig wieder eine Große sein. Den Kleinen misstraute ich, fragt mich nicht, wieso.«

Wir fragten nicht.

»Es reichte mir nicht, dass sie gut aussahen. Gut aussehen tun viele. Ich wollte sie zum Reden bringen, etwas von ihrem Leben erfahren. Oder besser, ich wollte mich in ihr Inneres einschleichen und dort ausruhen, so wie die armen Dinger sich in die ausländischen Hotels ihres alten Havanna einschleichen mussten, ihrer eigenen Stadt, die ihnen nichts geben konnte außer Dollarnoten von Fremden. Die meisten erzählen euch Märchen aus der Provinz, je provinzieller, desto besser. Na ja, ein Teil davon entspricht der Wahrheit, zum Beispiel das Telefon, das nie bei den Eltern, sondern immer bei den Nachbarn steht. Fast alle Mädchen sind gerade in der Ausbildung. Und alle waren einmal Sportlerinnen. Eine, Yarileisis, bat mich, ihre Schulden zu begleichen. Sie hatte sich von jemandem vierzig Dollar geliehen, um nach Havanna zu reisen. Und da hockte sie nun, verschuldet, gestrandet, während ihre Ausbildung in Oriente ohne sie weiterging. Eine Ausbildung für nichts. Für das, was Yarileisis jetzt tat, brauchte sie keine Ausbildung. Mit einer anderen, die sich schamlos neben mich gesetzt hatte, genau das, worauf ich gewartet hatte, sprach ich eine halbe Stunde lang. Dabei gefiel sie mir gar nicht. Mir war langweilig, und ich wollte mich zerstreuen. Ich war entschlossen, ihr im nächsten Moment ins Gesicht zu lachen und zu gehen, da sagte sie: ›Was für ein Scheißland.‹ Das hatte ich noch nie gehört, von keinem Kubaner. Da nahm ich sie mit. Lidia. Sie war Tänzerin gewesen, Volkstanz, Folklore … Kennt ihr kubanische Tänze?«

Wir kannten keine kubanischen Tänze.

»Egal«, sagte Esteban. »Manche Mädchen saßen zu dritt im Dunkeln auf dem Paseo del Prado, auf den weich gesessenen Steinbänken, in Sichtweite eines Polizisten, den sie kannten und von dem sie wussten, dass er sie in Ruhe lassen würde, ein bisschen Geld half immer. Von dort schwärmten sie aus, zischelten den Touristen hinterher, *s-s-s!, s-s-s!* Und irgendein Dummkopf ließ sich immer auf ein Gespräch ein, rückte Zigaretten heraus, einen Dollarschein, sagte, woher er kam und wie alt er war, ob verheiratet oder nicht, und wenn der blonde Dummkopf in seinen Shorts sich nicht wehrte, zogen die drei mit ihm ab und ließen sich zu einem Mojito einladen, das alte Spiel. Oder sie brachten ihn mit einem Gauner zusammen, einem Devisenbetrüger oder Zigarrenschmuggler. Sie brauchten nicht einmal Englisch zu können. Allein ihre Augen im Halbdunkel an den Steinbänken zogen den Touristen die Kraft aus den Beinen, die knappen Oberteile waren schon fast zu viel. Wie sie strahlten, die ungekämmten Idio-

ten mit ihren Rucksäcken, wenn sie weit weg von zu Hause mit einer richtigen Frau durch die Straßen zogen. Das fanden sie aufregend. Und die Touristinnen waren kaum besser, so viel zur Frauenfrage. Eines Mittags sah ich im Hotel eine junge, dicke Amerikanerin, die in Havanna Spanisch lernte, um alternative Agrarkultur zu studieren, könnt ihr euch das vorstellen? Sie machte sich über mein Englisch lustig. Am Abend sah ich sie in der Kneipe gegenüber mit einem Kubaner, der sie um die weiche Taille fasste und ihr spanische Sauereien ins Ohr flüsterte. Ich erkannte es an ihrem idiotischen Lächeln. Alternative Agrarkultur!«

Er schwenkte sein Weinglas und trank einen großen Schluck. Dann noch einen.

»Das Händchenhalten war nichts für mich«, sagte Esteban. »Ich hatte keine Zeit für die Mojito-Nummer und das Kennenlernritual. Ich wollte sie haben, aber nur an diesem Abend, ein, zwei Stunden lang, maximal zweieinhalb. Ich musste ein bisschen tricksen, um sie so weit zu bekommen, aber mehr habe ich nicht investiert. Was sollten sie schon sagen, wenn ich mit meinen wichtigen Geschäftsterminen und den Haushaltsgeräten kam? Ich sagte: ›Tut mir leid, dass ich dich morgen nicht sehen kann.‹ Oder: ›Ein Jammer, dass wir nicht miteinander essen gehen können. Kubas Fortschritt, das verstehst du doch. Während andere Hummer essen, muss ich arbeiten.‹ So lief das. Erstaunt?«

Wir wussten nicht, ob wir erstaunt waren. Vielleicht waren wir erstaunt.

»Es gibt zwei Welten. Die eine, aus der wir kommen. Die andere, die sie bewohnen. Nur wir kennen beide Welten. Tja.« Er dachte nach, suchte nach einem Detail … »Jetzt habe ich's, Yudelkis. Diese kubanischen Namen sind ein Kapitel für sich, reine Phantasieprodukte. Wenn jemandem ein Klang gefällt, erfindet er einen Vornamen, egal, wie man das Wort schreibt. Also, Yudelkis mit ihren großen Augen wusste nicht, was ein Mixer ist. Ich sagte: ›Aber was ein Toaster ist, weißt du?‹ Und sie lachte wie ein Schaf. Yudelkis behielt ich nur eine Stunde da, später holte ich mir eine andere, deren Nabelpartie nicht so stark behaart war. Ein Nachteil dieser dummen Mode, man ist gezwungen, auf die merkwürdigsten Bäuche zu schauen. Yudelkis' Bauch war flach, ein schöner Bauch. Nur leider sehr behaart.« Er trank. »Im Bett haben die kubanischen Mädchen übrigens weniger Energie, als man allgemein annimmt, darüber sind viele Klischees im Umlauf. Der Mensch tendiert zur Erschöpfung, auch in der Karibik. Es sind die Älteren, die ihre Kräfte einteilen können. Die Jungen werden schnell müde und wollen schlafen, das Herumlungern und *S-s-s, s-s-s!* hat sie zermürbt. Oder sie müssen noch einen Bus erwischen. Oder ihre Tante erwartet sie. Am häufigsten habe ich gehört: ›Ich bin mit meiner Cousine verabredet, wir nehmen zusammen ein Taxi.‹ Ich kannte jeden Spruch.«

»Und sie?«, sagte einer von uns. »*Deine?*«

Wir sahen ihn an und warteten.

»Ich wünschte«, sagte er langsam, »meine wäre genauso gewesen.«

Wir sagten: »Warum?«

»Vielleicht *war* sie ja genauso, und ich Idiot habe es nicht begriffen. Ihre Freundin, die Schlange mit dem vulgären Mund, irgendetwas mussten die beiden gemeinsam haben, sonst wären sie keine Freundinnen gewesen. Vielleicht hatten sie sich auch erst kurz zuvor zusammengetan, die Mädchen von Havanna jagen sicherer zu zweit. Aber als sie mich ansprach, dachte ich: Hier steht ein Engel, dort ein Teufel. Dann kam ich zu mir, während sie vor mir stand und mich ansah, wieder mit diesem Lachen in den Augen, auf das ich in den nächsten Minuten wartete, wirklich, ich wartete vor allem darauf. Inzwischen hatte ich mich wieder in der Gewalt. Mensch, ich hatte die heißeste Woche meines Lebens hinter mir! Man lernt doch etwas. Ich schwenkte meine kühle Bierdose und sagte: ›Möchtest du einen Schluck?‹ Und sie zögerte nicht, nahm die Dose, strich mir dabei über die Finger und trank. Ich dachte: Wehe, du bietest die Dose dem Teufel an. Doch das tat sie nicht. Die andere kam näher. Ich sah, dass sie nicht ganz so schlimm war, wie ich gedacht hatte, der Mund blieb groß, vulgär, mit grellem Lippenstift, aber jetzt sah ich, dass es vor allem die Augen waren, die mich störten, etwas Hartes, Berechnendes lag darin, obwohl sie kaum älter sein konnte als meine. In den nächsten Minuten hatte ich Zeit, die kleine Schlampe zu mustern, ein tadelloser Körper, was mir egal war, das Problem blieben die Augen.«

Esteban trank, und wir tranken auch.

»Jetzt kommt der schwache Punkt meiner Geschichte. Sagen wir, meines Verhaltens. Ich hätte sie trennen sollen, obwohl es nicht leicht gewesen wäre. Wir hätten in Ruhe reden können, meine kleine Schülerin und ich.« Er trank noch einmal. »Die Situation war ideal. Auf der Terrasse hatte zuvor eine private Feier stattgefunden. Hier und dort sah ich noch Spuren des Barbetriebs. Ein paar Gläser auf einem Tischchen, gestapelte Stühle, bunte Lampions auf dem Boden. Ein Aufpasser musste den beiden Zugang verschafft haben, gegen Kommission, versteht sich. Wahrscheinlich musste ich fünfzehn oder zwanzig Dollar für ihn einrechnen. Und das war mein Anknüpfungspunkt. Ich fragte: ›Wie kommt ihr überhaupt hier hoch?‹ Meine Schülerin antwortete: ›Wir waren bei der Feier.‹ Ich fragte: ›Ihr wart *eingeladen*?‹ Und sie: ›Wir haben Freunde.‹ Das sagen sie immer. Einer hilft dem anderen. Ob sich meine Schülerin wirklich die kleine Schlange als Freundin ausgesucht hatte, keine Ahnung. Sie profitierten voneinander. Sie waren bereit, sich zehn Dollar zu teilen. Das war auch mein Fehler. Sie lockten mich mit ihrem Doppelangebot, so billig wie nirgendwo, und ich war nicht geschickt genug, sie zu trennen. Wahrscheinlich wollten sie einfach nur aufeinander aufpassen, die Lage unter Kontrolle behalten, sie fühlten sich wohler zu zweit.« Er schnaubte. »Keine Ahnung, wie ich auf diese kleinen Kubanerinnen wirke. Zwei Tage vorher hatte mich eine, die in die Gastronomie wollte, auf sechzig geschätzt. So viel verstehen sie vom Leben.« Er lachte. »Aber eins weiß ich genau. Ich hätte die Schülerin behalten und die Schlange nach Hause schicken sollen. Wie oft ich mir das schon gesagt habe!«

Wir warteten. Auch Esteban schien auf etwas zu warten. Einer von uns räusperte sich. Ein anderer von uns steckte sich eine Zigarette an.

»Gib mal her«, sagte Esteban und griff nach der Schachtel. Wir dachten, er hätte nach der Rückkehr aus Kuba mit dem Rauchen aufgehört. Er fingerte an der Zigarette herum.

»Ich weiß nicht, wie lange das mit den beiden Mädchen auf der Terrasse dauerte.« Er legte die Zigarette vor sich, parallel zur Tischkante. »Ich beschloss, es langsam anzugehen, versteht ihr? Die beiden Kleinen hatten Zeit, meine Schülerin und die Schlange. Also redeten wir. Ich hatte ja auch Zeit. Kurz nach Mitternacht, das war ich gewohnt. Erst mal ignorierte ich ihr Angebot. Aber es dröhnte mir noch in den Ohren. Dann sagte ich das Blödeste, was ein Fremder in Kuba sagen kann, ich richtete mich nur an … meine. Ich sagte:

›Wissen deine Eltern überhaupt, was du so tust?‹ Meine Schülerin antwortete nicht sofort. Sie schaute mich an, als überlegte sie, was für ein seltsamer Typ ich bin, ein Wesen vom Mars, ein Reporter vielleicht, irgendein Aktivist, der sich professionell Sorgen macht. Sie sagte: ›Klar wissen unsere Eltern Bescheid. Jeder weiß, was der andere tut. Also, wie steht's? Hast du es schon mal mit zweien gemacht?‹ Ihre verfluchten Augen steckten wieder voller Humor, und ich merkte, dass mir etwas entglitt. Jetzt lächelte auch die

Schlange. Es war schlimm.«

»Warum?«, fragten wir.

»Weil ich erregt war. Und angewidert.«

Wir waren still. Wir durften Esteban jetzt nicht stören. Einer von uns wollte noch einen Brandy bestellen, aber ein anderer hielt ihn zurück.

»Ich weiß nicht«, sagte Esteban. »Ich hatte mir in den Tagen zuvor unzählige Paare angesehen, die echten und die falschen. Hier die Paare, die verheiratet waren oder zumindest dauerhaft zusammengehörten, ihr wisst, was ich meine, solide Paare mit Reiseführer, Mineralwasser und Gesundheitsschuhen, die Havanna ›entdecken‹ wollten. Und dort die Paare, die für ein paar Tage Hand in Hand durch die Stadt gingen, mehrmals täglich vögelten und Hand in Hand weiterzogen, als hätte das nichts zu bedeuten. Alle Kombinationen. Auch unter den kubanischen Männern gibt es Zehnkämpfer, was glaubt ihr, wie gut das einer Norwegerin, einer Deutschen, einer Spanierin gefällt, ganz zu schweigen von der fetten Schnecke, der Amerikanerin? Es gab einfach alles. Ich sah es ja vor mir, wenn ich mit einer Zigarette und einem kubanischen Bier auf der Terrasse meines Hotels stand und auf mein Jagdgebiet hinunterschaute, das Reich der Dunkelheit mit seinen billigen, scharfen Gerüchen, wo alles zu kaufen war, alles, alles. Oder wenn ich abends auf dem Touristenpfad zur Plaza de Armas ging, es war immer dasselbe, an der Bar Floridita, vor dem Hotel Ambos Mundos, auf dem Platz an der Kathedrale, es war überall gleich. Alte Männer mit Krampfadern und schlaffer Brust, die wie im Opiumrausch den Unterarm ihrer schwarzen Freundin befummelten. Am fünften Tag war ich so weit, dass ich Frauen jeden Alters musterte, von zwölf bis siebenundfünfzig, und mich fragte: Gibt es unter euch irgendeine, die nicht zu haben ist? Selbst den Putzfrauen im Hotel schaute ich hinterher. Ich begriff etwas von dem Privileg, wenn alte Haut über junge Haut verfügt.«

Er rollte die Zigarette auf dem Tisch hin und her. Drückte seinen dicken Daumen darauf. Ritzte mit dem Daumennagel eine Linie, drückte stärker, bis das Papier aufplatzte und blonde Tabakkrümel austraten. Er betrachtete die Brösel auf dem weißen Tischtuch.

»Einmal kam ich am Palacio de Matrimonios vorbei.« Seine Finger rührten in den blonden Bröseln. »Das Standesamt, ein paar Minuten von meinem Hotel entfernt. Eine Menschenmenge hatte sich gebildet, die bis auf die Straße hinausquoll. Viele waren richtig herausgeputzt, besonders eine junge Kubanerin, die ein schwarzes Kleid mit raffiniertem Faltenwurf und dünnen Fransen am Saum trug. Eine spektakuläre Schönheit. Elegant. Schmale Handgelenke. Sie stand auf einem Bein und spreizte das andere ab, der feine schwarze Schuh kratzte über den Gehweg. Ihr könnt euch den Dreck dort nicht vorstellen, kein Müll, sondern klebriger Staub, jahrzehntealter Schmier in fest zusammengebackenen Lagen. Es war ihr egal. Ihr Freund stand daneben, schwarze Lederhose, aprikosenfarbenes Jackett und schimmernde Pudellöckchen, die sich unter der schwarzen Ledermütze hervorringelten. Und dann kam das Brautpaar. Die Menge teilte sich, Kameras wurden gezückt, ich konnte es kaum glauben.

Man hat Schwierigkeiten, in Havanna einen ordentlichen Toaster zu finden, aber jeder Affe hat eine Digitalkamera. Ich musterte das Brautpaar, ließ aber die Schwarzgekleidete mit ihren feinen Schuhen nicht aus den Augen. Der Bräutigam war groß, breit, ein Sportler, was sonst. Er lächelte unsicher. Die Braut genauso. Sie hatte die Zähne eines Nagers, sie war so aufgeregt, dass sie noch nicht einmal den Mund schließen konnte, ohnehin keine leichte Aufgabe bei diesen Zähnen. Entschuldigung.«

Er musste niesen, einmal, zweimal. Dann noch einmal. Während er sein Taschentuch hervorholte, redete er weiter, er fuchtelte mit dem Taschentuch herum, ohne uns zu beachten. »Von dort, wo ich stand, konnte ich den Treppenaufgang im Innern des Gebäudes sehen. Ich erkannte, wie sinnvoll er gestaltet war.« Er gestikulierte, deutete einen prächtigen Aufgang an, Kronleuchter, nackte Figürchen mit himmelwärts gedrehten Augen. »Wenn die Paare die Treppe hinaufgingen, um sich in den Amtssaal zu begeben, liefen sie direkt auf einen großen Spiegel zu, der ihnen ihr Bild zurückwarf. Ein hübscher Effekt. Seht euch im Spiegel an, sagte der Spiegel. Prüft euch, es soll für immer sein! Auch die beiden Kandidaten an jenem Tag, der Sportler und die Nagerin, hatten sich zweifellos geprüft. Jetzt kamen die beiden nach vollzogener Trauung wieder nach unten und traten ins Freie. Ich sah sie nicht sofort, weil ich auf die Schwarzgekleidete mit den feinen Schuhen starrte. Na ja, das Brautpaar bestieg einen offenen weißen Chevrolet aus den Fünfzigern, einen Wagen mit Heckflossen und drei kleinen Kiemen vorn an den Seiten, so ungefähr. Ich kenne mich mit alten Autos nicht aus. Sie setzten sich oben auf das dunkelrote Rückenpolster, damit alle sie sehen konnten, die Kameras waren noch einmal an der Reihe, und während Motorräder gestartet wurden, die den Chevrolet eskortieren sollten, ließ der schnauzbärtige Chauffeur den Wagen an und glitt mit der Hochzeitsfracht auf die Straße hinaus. Alle standen in ekelhaften Abgasen und schauten zu. Ich auch. Wir klatschten, während der Chevrolet unter Hupen davonfuhr. Wir hatten das alte Schauspiel gesehen. Junge Liebe und so weiter. Die Zukunft liegt vor ihnen und der ganze Mist. Etwas, was meine kleine Schülerin mit der Brille auch hatte. Selbst die Schlange mit dem vulgären Mund hatte eine Zukunft. Und daran musste ich denken, als diese beiden kaum Achtzehnjährigen auf der Terrasse vor mir standen und mir ihre jungen, vollkommenen Körper anboten, fünf Dollar pro Stück. Ein paar Jahre weiter, und meine Tochter würde so alt sein wie sie.«

»Mir scheint«, sagte einer von uns, »die Wahl ist nicht so schwer.«

»Was soll das heißen?«, sagte Esteban.

»Dass die Wahl leichtfiel.«

»Leicht?«

»Ja, sie hätte leichtfallen müssen.«

»Du hast nichts kapiert«, sagte Esteban. »Davon rede ich doch gerade! *Nichts* war leicht! « Er rieb sich heftig über die Wange wie ein Bauarbeiter. »Nichts war leicht! Ich konnte mich kaum auf den Beinen halten, so erregt war ich, zugleich spürte ich ein Würgen im Hals, als müsste ich mich übergeben. Aber es geht weiter. Meine Schülerin nahm mir das Bier aus der Hand und trank noch einmal. Sie sagte: ›Na, komm. Was kann schon passieren? Ein bisschen Spaß. Was meinst du?‹ Sie legte mir die Hand auf den Oberschenkel, dicht am Schritt. Dann rutschte die Hand höher. Ich zuckte zurück. Sie sagte: ›Wo geht's denn zu deinem Zimmer? Vierter Stock?‹ Plötzlich spürte ich die Nachtkühle. Wind ging über die Dachterrasse. Also, ich war erregt und fror und wünschte die kleine Schlange, die andere, zum Teufel. Ich wollte mich nur um meine Schülerin kümmern. Einer musste ihr doch sagen, was sie da tat. Oder etwa nicht?«

»Vielleicht«, sagte einer von uns.

»Aber ganz sicher! ›Hör mal‹, sagte ich zu ihr, wahrscheinlich klang ich wie ihr Großvater, ›was soll der Unsinn, du gehst doch noch zur Schule! Kannst du nicht einen Freund in deinem Alter finden wie jedes vernünftige Mädchen?‹ Sie schüttelte den Kopf. ›Kubanische Jungs haben doch nichts‹, sagte sie. ›Hier hat niemand etwas.‹ Ich sagte: ›Das verstehe ich nicht. Du willst doch mal heiraten, oder? Jeder will mal heiraten. Eine Familie haben.‹ Sie schüttelte wieder den Kopf und lachte. Ich wollte nicht, dass sie lachte. Aber sie sagte: ›Wir heiraten später, wenn wir Geld verdient haben, vielleicht mit fünfunddreißig. Wir heiraten jemanden, der uns in Ruhe lässt. Jetzt müssen wir etwas tun.‹ ›Tun?‹, sagte ich. ›*Das?* Du gehst darin unter, siehst du das nicht? Lass es nicht so weit kommen. Es wäre … Mach etwas Vernünftiges, mit Perspektive. Ist das so schwer zu kapieren?‹ Ich redete mich warm. Gerade hatte sie noch gelächelt, ich wollte nicht, dass dieses berückende Lächeln verschwand, aber ich wollte vor allem, dass sie mir zuhörte. ›Was zum Teufel geht in deinem hübschen, dummen Kopf eigentlich vor? Hast du nicht gelesen, was überall auf euren Plakaten steht? *Niemand kann uns die Hoffnung nehmen! Der Triumph gehört denen, die am besten vorbereitet sind!* Das ist von eurem großen Denker José Martí. Schon mal gehört? Fahr zum Flughafen raus, dann siehst du es, links und rechts von der Straße!‹ ›Ich fahre nicht zum Flughafen raus‹, sagte sie. ›Flughäfen sind für Leute, die abhauen können.‹ Ich wurde ungeduldig. Ich sagte: ›Jeder kämpft auf seinem eigenen Schlachtfeld. Das hier ist deins. Du kannst dich davor nicht drücken. *Unsterblich wird sein, wer es verdient!* Kennst du das? Stammt auch von eurem José Martí. Ihr könnt doch alle lesen und schreiben, wahrscheinlich besser als wir.‹ Ich wollte sie an den Schultern packen und schütteln, aber das wäre gefährlich gewesen. Ich war so

erregt, dass mir fast schlecht wurde. ›Wann begreifst du, dass
ich zu alt für dich bin?‹, sagte ich. ›Wie heißt du überhaupt?‹
Jetzt lächelte sie nicht mehr. Die andere machte ihr ein Zeichen, sie sollten abziehen, bei einem Typ wie mir sei nichts zu
holen. Aber meine Schülerin blieb. Ich glaube, sie wunderte
sich. Habe ich schon ihre makellosen Zähne erwähnt? Ihre
Lippen, denen etwas Creme gutgetan hätte? Ich war wütend,
weil ich nicht aufhören konnte, sie anzustarren. ›Ich heiße
Katiuska‹, sagte sie. ›Und du?‹«

Esteban legte die breite Stirn in Falten. Wir rührten uns
nicht. Seine Augen sahen müde aus. Der Mund traurig, eine
Traurigkeit, die sein Gesicht noch hässlicher wirken ließ.

»Ihr Name machte mich schwach«, sagte Esteban. »Dabei
sind Namen mir eigentlich egal. Katiuska, das klang warm-
herzig, widerspenstig. Es klang nach einem vollständigen
Leben. Der Name wäre auch ein gutes Gesprächsthema gewesen. Wir hätten über die Sowjetunion von damals reden
können. Freundschaft der Brudervölker, politische Reformen,
diese Thematik. In ihrem Namen steckte eine ganze Welt, da
war ich mir sicher.«

Er fegte die Krümel vom Tisch, griff nach der Flasche und
schenkte sich so ungeduldig nach, dass er die Tischdecke be-
fleckte.

»Könnt ihr das verstehen? Ich wollte sie fortjagen. Und ich
wollte sie behalten. Es machte mich rasend, dass sie nicht
verstand, wie sie ihr Leben vor die Wand setzte. Ein dick-
köpfiges Mädchen.« Er schüttelte den Kopf. »Bestimmt
mochte sie Limonade. Vielleicht hatte sie noch einen Plüsch-
bären in ihrem Bett. Oder schrieb kitschige Lyrik in ein Plas-
tikalbum, das sie mit einem Blechschlüsselchen verschloss,
ich weiß nicht, was kubanische Schülerinnen für Geheim-
nisse haben. Jede hat irgendetwas, das nur ihr gehört. Ich
musste Katiuska beschützen.«

»Vor Leuten wie dir«, sagte einer von uns.

»Meinetwegen, vor dem Mann, der ich war. Aber sie … sie wollte nicht beschützt werden. Sie war darüber hinaus.« Er starrte auf das Tischtuch, als stünde dort etwas geschrieben. »Sie war darüber hinaus. So einfach war das. Ich kam zu spät.« Seine Linke strich eine dünne Strähne hinter das Ohr zurück. Er zuckte die Schultern. »Bevor sie gingen, fragte Katiuska, ob ich ihnen etwas geben könnte. Einen Pullover, ein bisschen Geld fürs Taxi. Irgendetwas. ›Macht, dass ihr wegkommt‹, sagte ich. ›Ich gebe euch nichts.‹ Als sie dann endlich abzogen, die kleine Schlange voran, wartete ich darauf, dass Katiuska sich noch einmal umdrehte. Aber sie drehte sich nicht um. Ich wartete noch eine Weile. Dann ging ich zur Brüstung und schaute auf mein düsteres Jagdgebiet hinunter. Ich trank von meinem Bier und bildete mir ein, Katiuskas Lippen am Dosenrand zu schmecken.«

Wir hatten nichts mehr in unseren Gläsern. Wir waren müde. Einer von uns bat den Kellner um die Rechnung.

»Als ich am Tag darauf zum Flughafen fuhr«, sagte Esteban, »sah ich die optimistischen Sprüche auf den verblichenen Plakaten am Straßenrand wieder, echte Designleichen. Katiuska sollte ja nur auf den Sinn achten, nicht aufs Design. Das hättet ihr dem Mädchen doch auch empfohlen.«

»Dem Mädchen?«, sagte einer von uns. »Der Frau.«

»Das läuft auf dasselbe hinaus«, sagte Esteban. »Mädchen, Frau. Ist alles einerlei. Sie müssen irgendwie durchkommen. Sich in die Zukunft hinüberretten.« Er schaute uns an, vergewisserte sich, dass noch alle da waren. »Also. Ich trank noch zwei Dosen Bier, während ich auf der Dachterrasse stand. Von unten hörte ich nächtliches Rauschen, die quäkenden Hupen, das Knattern der stinkenden, steinalten Motoren. In Havanna erstickt man, bevor man überfahren wird. Egal. Ich war drauf und dran, auf den Paseo del Prado zu gehen und

nach Katiuska zu suchen.« Er kratzte sich an der Wange und
schaute über unsere Köpfe hinweg. Dann kehrte sein Blick zu
uns zurück. »Ich tat es nicht. Ich bin ein Idiot, aber nicht so
ein Idiot. Am nächsten Tag, auf dem Weg zum Flughafen, sah
ich links von mir dicke grüne Plastikrohre, die unter die Erde
gehört hätten. Ich fragte den Taxifahrer. Es waren Wasser-
rohre. Dort gab es eine Quelle, ich glaube, bei Fontanar, und
das Trinkwasser für Havanna wurde hochgepumpt und in
grünen Plastikrohren in die Stadt geleitet. Ein Kinderspiel,
das zu sabotieren, das Wasser zu versauen und die ganze Stadt
zu vergiften. Aber bisher hat niemand das getan. Denkt mal
darüber nach.«

Wir wollten nicht darüber nachdenken, warum niemand
die Leitungen bei Fontanar sabotierte und das Trinkwasser
von Havanna vergiftete. Wir waren müde. Die Rechnung
kam. Wir warfen unser Geld in die Mitte.

»Am Flughafen von Havanna haben sie übrigens einen
Service wie in Madrid«, sagte Esteban, »sehr praktisch, man
kann den Koffer mit Folie versiegeln lassen. Ich ließ meinen
Koffer für fünf Dollar versiegeln, so viel, wie Katiuska ge-
kostet hätte. Alles läuft manuell ab. Einer nimmt Folie, um-
wickelt den Koffer, streicht Klebstoff auf die Ränder und
pappt die Folie an. Und ein anderer hält den Föhn darauf,
damit der Klebstoff trocknet. Steht da, wedelt mit dem ver-
dammten Föhn und versiegelt deinen Koffer, damit jeder
sieht, dass Kuba das Niveau der Industrienationen anstrebt.
Eines Tages wird Katiuska stolz auf ihr Land sein.«

Esteban zog sein Geld hervor, zählte mit dicken Fingern
die Scheine, zögerte kurz, tauschte einen Schein gegen einen
anderen aus und warf das Knäuel in die Mitte. Dann eine
Münze hinterher.

»Es war der beste Föhn, den ich in Havanna je gesehen
habe«, sagte Esteban. »Ein schwarzes Ding mit beachtlicher

Leistung. Die Marke konnte ich nicht erkennen.« Er gähnte. »Alles hängt von Geräten und Ersatzteilen ab. Auch die Kubaner werden das noch begreifen.«

Kopfsteinpflaster

In den letzten Jahren ist es besser geworden mit ihrer Flugangst, sonst hätte sie am Sonntagnachmittag den Zug genommen, fünf Stunden sind keine Ewigkeit. Doch an diesem
Tag fühlt Cristina sich an die schlimmsten Angstzustände
erinnert, die sie in Flugzeugen je erlebt hat.

Sie ahnt schon, was auf sie zukommt, als der Kapitän seine
Begrüßungsdurchsage macht. Starker Wind werde sie auf
dem Flug von Madrid nach Asturien begleiten, gibt er durch.
Wegen der Turbulenzen sollten alle angeschnallt bleiben,
besonders bei der Landung in Asturien könne es rumpeln.
»Sie wissen doch, wie es in Nordspanien bläst!« Dann sagt
der Kapitän etwas Lustiges, das die Fluggäste beruhigen soll,
aber Cristina fühlt sich auf ihrem Mittelplatz eingekeilt und
ausgesetzt zugleich.

Probeweise hat sie mit den Händen die Armlehnen umklammert und fest zugedrückt. Dabei haben sie noch nicht
einmal die Startposition eingenommen; sie rollen noch. Ihre
Sitznachbarn auf dem Abendflug von Madrid nach Asturien
beachtet Cristina kaum. Sie weiß nur, dass es Männer sind,
beide schlank und mittelgroß.

Auch der Mann zu ihrer Rechten hat nicht viel Aufmerksamkeit für andere Menschen, insofern könnte man sagen, dass er
und Cristina sich ähneln. Der Mann ist Ende vierzig, hat

graue Augen und ein schmales Gesicht. Er fliegt so oft, dass
er die Fluggäste nur noch wie eine Herde betrachtet, Menschen vor ihm, Menschen hinter ihm, alle tragen oder ziehen
etwas, das sie schnell verstauen möchten, dann richten sie
sich in ihren Sitzen ein und hoffen darauf, dass es möglichst
schnell vorbei ist. So einer ist er auch. Wann immer er kann,
wählt er den Gangplatz, um zügig loszukommen. Manchmal
hält er inne und beobachtet jemanden, der seine Aufmerksamkeit weckt, und für Momente gelingt es ihm, das Leben

für reich und unberechenbar zu halten, bevor er sich wieder
seinem Buch oder der Zeitung zuwendet, meistens hat er
beides in der Hand, weil er den Leerlauf des Fliegens nicht
mehr gut erträgt.

Mechanisch hat sich der Mann die Krawatte gelockert,
während sein Blick auf die Zeitung geheftet bleibt. Als er mit
der korrekten Mischung aus Neugierde und Distanz kurz
nach links schaut, sieht er neben sich die braunhaarige junge
Frau und eins weiter, auf dem Fensterplatz, einen Fluggast
von Mitte dreißig, der ihr Mann sein könnte. Er sucht nach
Zeichen des Einverständnisses, wie es sich bei Paaren, die oft
gemeinsam reisen, ergibt.

Weiter denkt der Mann nicht darüber nach. Als der Kapitän sie mit seiner Durchsage vor den Turbulenzen warnt, die
zu erwarten sind, besonders im Anflug auf Asturien, hat der
Mann sich schon zurechtgesetzt und in den Wirtschaftsteil
vertieft. Aber nicht lange; er ist müde und schließt die Augen,
wie er es vor dem Start gern tut. Sein Körper nimmt das
Vibrieren der Motoren in sich auf, den Zug der Maschine, die
sich der Startbahn zuwendet, dann den Energieschub, der
durch den ganzen Apparat geht, als die Triebwerke aufdrehen
und das Flugzeug sich in Bewegung setzt.

Sie gewinnen an Fahrt. Sie heben ab.

Dieser Augenblick, das weiß der Mann, ist die Grenzlinie

zwischen Jugend und Alter. Früher, er erinnert sich genau, hat er beim Start nach draußen geschaut, nicht nur als Kind, auch als Student, er wollte die Landebahn, die Autos, die Häuser jenseits der Pisten kleiner werden sehen, um sicherzugehen, dass er den Ort verließ, an dem er sich eine Weile aufgehalten hatte. Inzwischen jedoch schließt er am liebsten die Augen, oft gelingt es ihm, vor dem Start einzuschlafen und sich vom abhebenden Flugzeug in das Zwischenreich der Wachträume tragen zu lassen. Manchmal reißt ihn erst eine Lautsprecherdurchsage aus seinem Dämmer. Oder der Fuß der Stewardess, der beim Vorbeigehen aus Versehen gegen seinen stößt. Er hat sich vorgenommen, einen Termin bei seinem Hausarzt zu machen, gleich am nächsten Tag, daran denkt er noch. In den letzten Wochen fühlt er sich gehetzt und ausgelaugt; er muss wirklich erschöpft sein, dass er gleich nach dem Start volle zwanzig Minuten schläft.

Als der Mann aufwacht, hat er sofort das Gefühl, dass etwas nicht stimmt. Er hat einen trockenen Mund und spürt ein Ziehen in der Brust. Dann überprüft er den Sitz seiner Brille, denn er sieht nicht mehr scharf. Eine Bewegung von links lenkt ihn ab, dann ein Geräusch: Die Frau neben ihm hat aufgestöhnt. Der Mann fragt sich, ob er sich verhört hat. Beiläufig schaut er nach links und sieht, dass sich die Hand der Frau so fest um die Armlehne klammert, dass ihre Knöchel weiß werden. Jetzt merkt er es auch, die Maschine wackelt kräftig, als müsste sie etwas abschütteln, was auf ihrem Rücken sitzt, wahrscheinlich haben die Turbulenzen ihn geweckt. Was wäre so schlimm daran, jetzt zu sterben?

Er weiß nicht genau, woran er die ungeheure Verkrampfung der Frau spürt, als wäre es seine eigene, durch ihre angespannte Haltung oder ihren stoßweise entweichenden Atem, in den sich Seufzer mischen, einmal auch ein kleines, kaum hörbares Wimmern. Erst glaubt der Mann, die junge Frau folge einer Atemtechnik, die ihr helfe, Anfälle von Flugangst zu überwinden. Dann begreift er, dass sie längst die Kontrolle verloren hat und alles tut, um nicht loszuschreien. Der Mann sieht zu dem Fluggast auf dem Fensterplatz hinüber, aber der schläft. Erstaunlich. Er kann nicht ihr Ehemann sein, sonst hätte sie sich an ihn geklammert.

Jetzt ist wieder einer dieser Augenblicke gekommen, sagt sich Cristina. Sie fühlt sich nackt, schwach, bloßgestellt, die Dinge entgleiten ihr eines nach dem anderen: erst die Blicke, dann die Körperhaltung. Dann die Atmung. Das Flugzeug schwankt, rumpelt, schüttelt sich. Cristina weiß nie, was die Ursache ist. Bläst ein mächtiger Wind die Kiste vor sich her? Rutscht die Maschine in ein Loch und sackt unvorhergesehen durch? Könnte der Pilot die Kontrolle verlieren? Sie presst die Lippen zusammen. Sie kennt diese Strecke, sie glaubte die übelsten Zustände von Angst und Auflösung überwunden, aber nein. Es fängt alles von vorne an.

»Ist es sehr schlimm?«

Cristina schaut nach rechts.

Der Mann mit der randlosen Brille hat sich zu ihr hinübergebeugt. Er scheint zu spüren, dass sie nichts weiter tun kann.

»Hier, ich nehme Ihre Hand. Es wird alles gut.«

Cristina lässt die Armlehne los. Der Mann hat eine trockene Hand, weder warm noch kühl, die sich jetzt fest um Cristinas Rechte schließt.

»So«, sagt er. »Drücken Sie zu, wenn Sie können. Das hilft. Bauen Sie Energie ab.«

Dann tut der Mann etwas Ungewöhnliches. Er beugt sich noch näher zu ihr und fängt an, ihr etwas zu erzählen, so wie man sich unter alten Freunden Geschichten erzählt, nahe am Ohr des anderen.

»Wissen Sie«, sagt er, »wann ich meine Flugangst losgeworden bin? Die übliche Angst vor dem Absturz? In Nordafrika. Wir hatten eine Maschine gechartert und landeten in der marokkanischen Wüste, ich habe den Namen des Ortes vergessen, ich weiß nur noch, dass der ganze Flughafen aus einer weiß gestrichenen Baracke bestand, in der ein paar Kissen auf dem Boden lagen. Man gab uns Tee. Ich habe nie wieder so guten Tee getrunken.«

Die Stimme des Mannes ist angenehm, er spricht wie jemand, der öffentliches Sprechen gewohnt ist.

»Der Pilot stand bei uns, wissen Sie, ein junger Kerl. Ich fragte ihn genau das, was Sie wohl auch gern wüssten: Wie gefährlich sind diese elenden Turbulenzen? Laufen wir Gefahr, auf den Boden zu fallen wie ein Stein?« Wie zur Illustration sackt das Flugzeug plötzlich tiefer. »Hier, halten Sie meine Hand fest. Sie drücken gar nicht. Haben Sie keine Kraft mehr?«

Der Mann lacht leise, und Cristina muss auch lachen, an der Grenze zum Hysterischen, aber es hilft ihr beim Atmen.

»Ich sage das nicht, um Sie zu trösten, damit Sie es wissen.« Die Stimme des Mannes hat einen verschwörerischen Ton angenommen, sein Mund ist nahe an ihrem rechten Ohr, sie kann sein asiatisches Aftershave riechen. »Ich glaube nicht an Trost. Nur an Tapferkeit und Erkenntnis.«

Er drückt ihr die Hand. Cristina fragt sich, ob er Arzt ist.

»Wissen Sie«, fährt er fort, »was der junge Pilot mir antwortete? Er kam aus Valencia, wo wir abgeflogen waren, ein Dreistundenflug, wenn ich mich richtig erinnere, denn der Pilot musste erst noch den Flugschein für längere Flüge ablegen, er bereitete sich gerade auf die Prüfung vor. Er antwortete, vergessen Sie das mit dem Wind und den Turbulenzen, darüber lachen wir. Das ist, als führe ein Auto über Kopfsteinpflaster, absolut gefahrlos. Es rumpelt, das ist alles.«

Cristina sieht dem Mann zum ersten Mal in die Augen,

nur kurz, aber es genügt. Seine Augen erinnern sie an das Grau von Regenpfützen.

»Kopfsteinpflaster!«, stößt sie hervor. »Dass ich nicht lache!«

»Das habe ich auch gedacht«, sagt der Mann. »Kopfsteinpflaster! Und worüber machen wir uns solche Gedanken, nicht wahr? Wir schauen nach unten und glauben, gleich sterben wir. Fallen hinunter, neun Kilometer tief ins Nichts. Beim Näherkommen im rasenden Flug erkennen wir unsere liebe alte Erde, und sie ist so schön, dass wir erschauern, ein allerletztes Mal. Auch wer dreißig Jahre lang geflogen ist, glaubt das. Wir Idioten. Aber dann habe ich angefangen nachzudenken. Hier, Sie drücken gar nicht zu. Keine Scheu, bitte.« Zur Bekräftigung drückt er selbst zu, seine Hand liegt auf der ihren, bedeckt sie, jetzt umschließen seine Finger ihre Hand fester. »Sie wissen, dass Sie mich jederzeit vertreiben können. Kleiner Schlag gegen die Schulter genügt.« Er lacht leise. »Aber wir müssen noch einmal über das Kopfsteinpflaster sprechen. Ob nicht doch etwas daran ist.«

Cristina lässt sich von seinen Sätzen einlullen. Sie denkt: Er soll drei Stunden lang weiterreden, wenn es die Maschine oben hält. Und er riecht gut. In diesem Augenblick sackt das Flugzeug so plötzlich tiefer, dass es ihr in den Magen fährt, sie spürt den Schrecken auf der Kopfhaut und in den Fingerspitzen. Ihr Herz rast.

»O Gott«, murmelt sie. »Ich kann nicht mehr.«

Der Mann fährt mit seinem kräftigen Daumen über ihre Hand. »Denken Sie einfach an Kopfsteinpflaster. Das gerade eben? Da haben sie ein paar größere Steine verarbeitet, mit überstehenden Kanten. Und danach geht es natürlich etwas tiefer. Daher dieses Gefühl, wir sackten weg. Es könnte wieder passieren. Aber Sie und ich, wir sind hier sicher. Wir sitzen in einem bequemen alten Auto, das über eine gepflasterte Straße rollt. Ich habe den jungen Piloten noch etwas gefragt.«

»Was?«

»Ich fragte ihn, wovor er Angst hat. Wenn es der Wind und die Turbulenzen nicht sind. Wissen Sie, was er mir sagte?«

»Was?«

»Feuer.«

»Ah.«

»Feuer, nichts anderes. Sehen Sie hier irgendwo Feuer?«

»Nein«, sagt Cristina.

»Schauen Sie sich in Ruhe um«, sagt der Mann, während er ihre Hand massiert. »Riechen Sie Feuer?«

»Nein.«

»Na, also. Wir sind so sicher wie in Abrahams Schoß. Erzählen Sie mir, wo Sie herkommen, was Sie machen. Verkürzen Sie mir die Zeit.« Der Mann sieht sie an, und erst, als Cristina seinen Blick erwidert, lächelt er.

»Ich wohne in Madrid«, sagt Cristina. »Aber seit sechs Wochen arbeite ich bei einer Softwarefirma in Oviedo. Es wird nur für ein paar Monate sein. Erfahrungen sammeln.« Sie schließt die Augen. »So schlimm wie heute war es noch nie.«

»Schöne Stadt, Oviedo. Bin leider nicht so oft da, wie ich gern wäre. Wenn Sie das jeden Sonntagabend machen, sollten Sie darüber nachdenken, mit dem Zug zu fahren. Keine ganz schnelle Verbindung, aber sehr angenehm.«

»Ich weiß.«

»Dasselbe gilt für mich. Ich sollte auch weniger fliegen.«

»Wir sollten beide aussteigen«, sagt Cristina. »Gleich hier.«

Der Mann lacht, aber gequält, als müsste er einen Schmerz unterdrücken. Er lässt ihre Hand los.

»Ich muss an einen Song von Elvis denken«, sagt er mit gepresster Stimme. »Spanish Eyes. Kennen Sie den?«

Das Flugzeug rumpelt wieder, erst ein wenig, dann stärker. Sie verstummen beide. Jetzt ist es an ihm, die Augen zu schließen und sich an die Armlehne zu klammern. Er weiß, dass es Erschöpfung ist, aber da ist noch mehr. Wenn nur die Schmerzen in der Brust nicht wären. Der Mann versucht, ruhig ein- und auszuatmen, aber er hat das Gefühl, die Luft reiche nicht aus. Was ist das in seiner Brust, ein Ziehen? Ein Stechen?

»Da ist etwas«, sagt er und will weitersprechen, doch er schafft es nicht.

»Was?«

»Etwas Komisches.«

»Spanish Eyes«, sagt sie. »Was wollten Sie damit sagen?«

Er hat das Gefühl davonzutreiben, aber er will der Frau noch sagen, dass ihre Gegenwart ihm hilft, dass es ihm leidtut, sie zu beunruhigen. Er zerrt am Knoten der Krawatte, aber sie ist schon gelockert. Auch der oberste Hemdknopf ist geöffnet.

»Alles in Ordnung mit Ihnen?« Sie legt ihm die Hand auf den Unterarm. »Sie sind total blass. Soll ich um Wasser bitten? Sagen Sie was. Bitte.«

Der Mann nickt. Mit einer fahrigen Bewegung wischt er sich den Schweiß von der Stirn. Der Schmerz, der ihm durch die Brust fährt, bringt ihn dazu, die Augen zuzupressen und sich auf die Lippen zu beißen. Etwas rauscht in seinen Ohren, aber er hat noch Zeit zu denken: Merkwürdig, dass es mich kümmert, wie ich jetzt in den Augen dieser jungen Frau wirke. Gott, denkt er, lass mich hier nicht zusammensinken. Lass mich nicht allein!

Den Rest erzählt Cristina ihrer Freundin Laura so, wie sie es in den nächsten Minuten erlebt, mit glasklarer Wahrnehmung, wie man sie selten hat, erst recht nicht unter solchen

Umständen, denn der Flug bleibt bis zur Landung schlimm, ein ständiges Heben und Senken, ein wütendes Rütteln, das unaufhörliche Ächzen in den Flügeln, das in Cristinas Ohren klingt wie die Klage des Materials darüber, dass es in dieser Flughöhe solchen Strapazen ausgesetzt wird. Gleich, denkt sie, springen die Schrauben heraus, und die ganze Kiste bricht auseinander.

»Erst, als ich fast sicher war, dass wir kurz vor der Landung noch abstürzen, wurde ich ruhig. Kannst du dir das vorstellen?«

Unter ihnen kommen im abendlichen Dämmerlicht die sanft geschwungenen Hügel Asturiens näher, sie sehen aus wie träge rollende Wogen, Verwandte der grauen Wellen des Atlantiks ein Stück weiter nördlich. Selbst aus großer Entfernung erkennt Cristina, wie heftig der Wind an den Bäumen zerrt.

Ein Plastikbecher rollt im Gang hin und her. Die Stewardessen haben sich hingesetzt und angeschnallt. Kopfsteinpflaster, denkt Cristina. Dass ich nicht lache! Sie legt dem Mann, der zusammengesunken und mit geschlossenen Augen dasitzt, die Hand auf die Schulter. Er soll wissen, dass sie da ist.

Als die Maschine sich schräglegt und die letzte große Linkskurve nimmt, um parallel zur Atlantikküste die Landebahn anzusteuern, verstärkt Cristina den Druck ihrer Hand auf die Schulter des Mannes, damit er nicht gegen sie kippt. Sie beugt sich zu ihm hinüber und spricht ihm ins Ohr. Wieder riecht sie das asiatische Aftershave, aber schwächer als zuvor.

»Bald haben wir es geschafft«, sagt sie. »Keine Sorge. Gleich wird sich jemand um Sie kümmern. He, nicht wegdämmern! Sagen Sie doch was! Wie war das mit dem Song von Elvis? Sie wollten mir davon erzählen, verdammt.«

Cristina redet noch auf ihn ein, als sie längst gelandet sind und die letzten Meter zur Parkposition rollen. Sie hat sich abgeschnallt und ist aufgestanden, um dem Flugpersonal zu signalisieren, dass es einen Notfall gibt. Eine Stewardess ruft, sie solle sich hinsetzen, aber Cristina bleibt stehen. Die Stewardess wird wütend und schreit, sie solle sitzen bleiben, sie gefährde die Sicherheit der Passagiere.

Cristina ruft: »Der Mann braucht eine Trage! Schnell! Es geht ihm schlecht!«

»Setzen Sie sich hin! Zum letzten Mal!«

»Und?«, fragt Laura. »Was ist aus ihm geworden?«

»Ich weiß es nicht«, sagt Cristina.

»Was? Du hast dieser dummen Stewardess doch gesagt, dass es sich um einen Notfall handelt und sie sich ihre Bestimmungen irgendwo hinstecken kann. Oder?«

Cristina schaut auf ihre Hände. »Nein. Ich habe gewartet, wie es mir befohlen wurde. Und seine Hand gehalten. Das habe ich. Er hat sich in seinem Sitz kaum noch bewegt. Er muss starke Schmerzen gehabt haben.«

»Herzinfarkt?«

»Kann sein. Eigentlich war er zu jung dafür.«

»Jeder, der einen Herzinfarkt hat, ist im Herzinfarktalter. Klingt wie ein schlauer Spruch, Baby, aber so ist es.«

»Ich weiß. In seiner Hand war kein Leben mehr. Ich habe sie trotzdem gehalten. Alles andere habe ich dem Flugpersonal überlassen.«

»Du weißt nicht einmal, ob er durchgekommen ist?«

Cristina sieht ihre Freundin lange an. »Ich habe gesehen, wie sie ihn rausgetragen haben. Dann bin ich auch raus. Von hinten wurde gedrängelt.«

Laura schüttelt den Kopf. »Manchmal verstehe ich dich nicht.«

»Ich habe es selbst nicht verstanden«, sagt Cristina. »Erst später, als ich geweint habe. Da wusste ich, dass ich ihn mir weiterhin lebendig wünsche, so stark und tief wünsche, dass es ihm gut geht mit seinen Händen und dieser, dieser Stimme und diesen grauen Augen, verstehst du? Ich wollte es nicht genauer wissen. Ich hätte es nicht ertragen.«

Zu früh für Prophezeiungen

Morgens schiebt Solana ihren Mann auf die Terrasse hinaus, damit er das Wasser sehen kann. Sie hat sich erkundigt, es ist ein See, kein Fjord, aber da sie weder Englisch noch Norwegisch spricht, konnte sie den Erklärungen der Pflegerin nicht folgen. Der See hat einen langen Namen.

Sie sitzen nebeneinander, jeden Morgen, Antonio im Rollstuhl, Solana auf einem weißen Aluminiumstuhl mit modernem Design. Lange halten sie es dort nicht aus, die Herbstluft ist kühl. Obwohl sie Antonios Beine immer in eine Decke packt, damit er nicht friert, hat er schon nach ein paar Minuten keine Lust mehr und will zurück ins Zimmer. Der Ausdruck »mein Zimmer« kommt ihm nicht über die Lippen. Es ist der Ort, wo man ihn aufbewahrt. Das Wasser in der Entfernung würdigt er kaum eines Blicks.

»Es wäre schöner, wenn wir näher am Wasser wären«, sagt Solana, um ihn aufzumuntern. »Vielleicht fahren auf dem See ein paar Boote.«

Antonio weiß, dass die Norweger zur See fahren, doch dieses Wasser ist nicht das, was er braucht. Es ödet ihn an, eine graue Suppe, gerahmt von Grün, im Hintergrund ein paar helle Tupfen, die aussehen wie eine Feriensiedlung. Sie haben sich ihr Leben versaut, denkt er, und jetzt hocken sie in einem fremden Land, verstehen die Sprache nicht und starren auf fremdes Wasser wie auf einen Fernsehschirm ohne Bild.

Geben Sie ihm Zeit, hat der Arzt in Cádiz zu Solana gesagt. Dann ist ein Psychologe gekommen und hat ihr die menschliche Seite erklärt: Es könnte eine Weile dauern. Sie brauchen Geduld und Liebe.

»Man müsste eine Landkarte haben«, sagt Solana. »Um zu sehen, wo wir sind.«

»Es ist mir scheißegal, wo wir sind.« Antonio spricht ruhig, als hätte er keine Kraft mehr, wütend zu werden.

»Ich glaube, deine Beine machen Fortschritte«, sagt Solana, aber sie sagt es, weil sie weiß, dass sie ihre Behauptung nicht belegen muss.

Antonio hat zwei Knieoperationen hinter sich, eine dritte könnte erforderlich werden. Anfangs nahm Solana sich vor, bei der Therapie dabei zu sein, um ihren Mann zu unterstützen, sie wollte ihm zeigen, dass sie ihm zur Seite steht. Aber da ist so viel, was in ihm arbeitet, sie spürt seine Zurückweisung wie einen körperlichen Stoß. Sie weiß nicht, wie lange es her ist, dass er sie mit ihrem Namen angesprochen hat, von allem anderen zu schweigen.

Solana schiebt den Rollstuhl über die Terrasse auf die gläserne Tür zu, die sich mit einem Geräusch für sie öffnet, das wie ein Seufzen klingt.

Sie haben nicht alles verstanden, was ihnen die spanische Polizei zu ihrer Situation erklärt hat. Es fielen Ausdrücke, die sie noch nie gehört hatten, und am Ende waren sie verwirrt und wussten nicht mehr genau, was sie in dieser Sache denn jetzt waren: Zeugen, Mittäter oder Opfer? Vielleicht ja von allem etwas. Nur zweierlei hat man ihnen energisch klargemacht: Antonios Beine brauchen eine lange Rehabilitation in einer guten Klinik, und die ganze Familie muss nach dem Vorfall erst einmal außer Landes gebracht werden, weit weg von der Atlantikküste und von El Palmar, wo jeder weiß, wo sie wohnen. Diego, ihr elfjähriger Sohn, ist bei einer Tante in der Schweiz untergekommen. Die Tante ist die einzige Spanierin im Haushalt, Diego muss sich also an sie halten, wenn er sich verständlich machen will. Kinder können mit solchen Hindernissen umgehen, sagt Solana sich. Sie telefoniert jeden Abend mit ihm.

Gegenüber Antonio übertreibt Solana die positiven Nachrichten vom Schweizaufenthalt ihres Sohnes, damit er sich endlich beruhigt. Aber nichts kann Antonio beruhigen. Er will auch nicht mit Diego sprechen. Solana glaubt, sein Schmerz wende sich hierhin und dorthin, ratlos, gehetzt, verbissen in die Frage, was ihm am meisten fehlt, ihr früheres Leben, die Atlantikküste bei El Palmar oder der Gebrauch seiner Beine. Niemand weiß, ob er je wieder normal laufen kann. Es ist zu früh für Prophezeiungen, hat der Arzt gesagt.

Am späten Nachmittag, wenn er döst, sitzt Solana im Zimmer nebenan auf dem Bett und muss sich eingestehen, dass ihr das Alleinsein wohltut. Sie atmet tief durch, und manchmal lässt sie sich auf das Klinikbett zurücksinken, ohne die Schuhe abzustreifen, und schließt die Augen. Sie hat die Größe der Aufgabe falsch eingeschätzt. Sie weiß es und wirft sich ihre Naivität vor. Sie hat sich gesagt, Liebe überwindet alles, sie hatten ein gutes Leben, sie können es sich zurückerobern, irgendeine Lösung wird es geben, erst muss er wieder auf die Beine kommen, dann folgt der Rest. Aber nach zwei Wochen in der Rehaklinik außerhalb von Oslo glaubt Solana nicht mehr daran, dass es schnell gehen wird. Im Gegenteil, die Zeit schleicht, zieht sie herunter und zermürbt sie, bis sie irgendwann so wütend und mutlos sein wird wie Antonio. Dann werden sie sich in die Augen sehen, Mann und Frau, und beschließen, sich zu trennen.

Es ist das, was Solana mehr fürchtet als alles andere. Dass sie selbst es am Ende wollen könnte. Dass es ihnen geht wie anderen Paaren, zu denen sie sich nie gezählt haben, weil sie ein Team waren, das es mit allem aufnehmen konnte. Dass Antonio ihr verhasst werden könnte, weil er selbst voller Hass ist, nichts würdigt, nichts anerkennt, weil er sich voller Bitterkeit über die Klinikflure schieben lässt und keine Willenskraft aufbringt, wieder gesund zu werden.

Und da ist noch etwas anderes, und das sind seine Blicke. Meistens sieht er Solana nicht an, wenn er ihr antwortet, es ist wie eine Technik, die er im Lauf der beiden Wochen erlernt hat. Und die wenigen Male, die er sie anschaut, spürt sie Vorwurf und Enttäuschung. Als wäre etwas zu Ende gegangen. Solana weicht ihrer Ahnung aus, was diese Blicke bedeuten könnten. Sie hat darüber nachgedacht und sich dann erschrocken davon abgewandt, so wie man instinktiv wegschaut, wenn man einen Tierkadaver sieht. Sie weiß, was sie getan hat, und sie steht dazu. Sie wollte für sie beide nur das Beste herausholen. Einer musste das große Ganze im Auge behalten. Soll Antonio sie fragen, wenn er etwas nicht versteht, sie hat keine Angst davor, es ihm zu erklären. Doch Antonio schweigt.

Am Nachmittag des folgenden Tages, während Antonio in seinem Zimmer döst, schläft Solana auf ihrem Bett vor Erschöpfung ein. Seit sie ein kleines Mädchen war, fürchtet sie sich vor dem Aufwachen. Dämmert sie am Nachmittag aus dem Schlaf hoch, fühlt sie sich in den ersten Minuten verloren. Dann ist ihr, als sei der Tag schon halb zertrümmert und nur noch dafür gut, in den Abfall geworfen zu werden. Aber diesmal hat sie einen schönen Traum gehabt. Sie hat Antonio gesehen, wie er frühmorgens bei Sonnenaufgang mit seinem Metalldetektor am Strand entlanggeht – ruhig, konzentriert, allein mit den Geräuschen des erwachenden Tages. Sie mag dieses Bild. Es zeigt ihr den Antonio, den sie liebt, und im Traum meint sie zu spüren, dass sie lächelt.

Antonio hat das Hobby aufgenommen, seit es in der Auto-
werkstatt nicht mehr so viel zu tun gibt. Ein äußerst nütz-
liches Hobby, wie er in den ersten Tagen nach dem Kauf des
Detektors noch betont, denn unter der frischen Sandschicht,
die die Ebbe zurückgelassen hat, vor allem aber im trockenen
Sandstreifen am oberen Ende des Strandes zwischen El
Palmar und Caños de Meca findet er nicht nur Krimskrams
und Konservenreste, sondern auch Geldmünzen, interessante
Objekte, manchmal sogar Schmuck. Natürlich gibt es eine
Vorsaison, eine Hauptsaison und eine Nachsaison, erklärt
Antonio. Die Entdeckung von metallenen Gegenständen
oder Geld zeichnet ziemlich genau die Kurve des Ferien-
tourismus an der spanischen Atlantikküste nach, und man
darf nicht vergessen, dass den meisten Badegästen dieses
Klima im Herbst und Winter zu rau ist. Von Anfang an jedoch besteht Antonio darauf, sich von dieser Kurve unab-
hängig zu machen. Er tue es nicht um des Profits willen, sagt
er, wenn er mit dem Metalldetektor loszieht. Sondern wegen
der Suche selbst.

»Der Weg ist das Ziel«, hat Solana gesagt, und Antonio hat
sie erst verblüfft angesehen und dann gelächelt.

»So ungefähr, Sol.«

Seitdem hat sich Antonios Hobby in ein tägliches Ritual
verwandelt, und die Bilder, die Solana im Traum sieht, sind
alle schön. Sie sieht das Morgenlicht, die Wolken, die es fil-
tern, sie sieht die Grau- und Grüntöne des Wassers und spürt
den kräftig blasenden Wind. Und sie sieht einen kindlichen,
völlig selbstvergessenen Antonio, den Mann, den sie liebt.
Das ist seine Gabe: der Ernst, die Versenkung. Mit demselben Ernst hat er vierzehn Jahre zuvor um Solana geworben.
Da hatte er die Stelle in der Autowerkstatt noch nicht, aber
er wusste, dass er in der Nähe von El Palmar etwas finden
würde, um eine Frau zu ernähren. Und die Frau, die er aus-

gewählt hatte, war Solana. An ein Kind hatte er auch schon gedacht. Erst eine Tochter, dann einen Sohn. Oder umgekehrt, ihm war beides recht.

All das sieht Solana in seinem Gesicht, wenn er mit dem Metalldetektor vom Strand zurückkommt. An manchen Tagen sieht Antonio aus, als hätte er eine Weisheitslehre empfangen. Er kann nicht sofort davon sprechen, sondern muss noch darüber nachdenken. Dann, beim Mittagessen, sagt er plötzlich, man dürfe beim Gang mit dem Metalldetektor nicht den Boden fixieren, sondern müsse den Blick »frei schweifen lassen«, denn es gehe nicht um irgendwelche Schätze im Sand, sondern um die Welt. Um alles, was uns umgibt, unten und oben.

»Woher wissen wir denn«, sagt er, »dass die Welt nicht auf dem Kopf steht? Dann wäre der Himmel unter unseren Füßen.«

Solana hört ihm zu, und in diesen Momenten könnte sie weinen vor Glück.

»Ich weiß auch nicht, was mir dabei durch den Kopf geht«, sagt er. »Komische Sachen, Sol, ich sag's dir. Ich denk an die Menschen, die all diese Sachen mal benutzt haben, die ich jetzt am Strand finde. Ich meine jetzt nicht irgendeine alte Konservenbüchse, sondern etwas von Wert. Was die Menschen, die es verloren haben, wirklich vermissen. Einen Ring zum Beispiel, oder ein Halskettchen. Ein silbernes Feuerzeug, das sich nicht mehr benutzen lässt, weil der Sand in alle Ritzen gekrochen ist. Ich denk an die Zigaretten, die der Typ damit angezündet hat, und dann denk ich an die schönen Augen, in die er dabei geschaut hat, oder das Meer, das vor ihm lag, als er seine Zigarette rauchte. Es ist ein bisschen, als läse ich in einem Tagebuch. Dem Tagebuch der Menschen, die über unseren Strand gehen und etwas verlieren, was mein Metalldetektor einen Tag oder einen Monat später erschnüffelt. Manchmal sogar ein *Jahr* später! Der Sand in unserer Ecke ist ständig in Bewegung, und wenn ich darüberlaufe, bin ich ein Teil davon. Ich stell ihn mir vor wie so einen Betonmischer, habe ich dir das schon mal gesagt?«

»Einen Betonmischer«, sagt Solana. Sie hat das Wort geflüstert. Am liebsten würde sie sein Gesicht packen und ihn auf den Mund küssen.

»Ja«, sagt Antonio. »Mit einer großen Trommel, die sich dreht und den Beton umwälzt. Manche Sachen an unserem Strand kommen sofort wieder nach oben. Andere bleiben irgendwo in der Mitte, und keiner weiß, wann sie auftauchen. Nur *dass* sie auftauchen, das weiß man. Daran glauben wir. Irgendwann taucht alles wieder auf.«

Es war Solana, die am Strand das Paket fand.

Sie war nicht die Einzige, die sich an diesem frühen Septembermorgen am Wasser aufhielt, sie hatte schon zwei Schwimmer und einen Hundebesitzer gesehen. Aber da lag es, herrenlos, ein dickes Paket, das die Flut zurückgelassen hatte, und sie wusste, bevor sie hinging, was es war. Dreißig Kilo Marihuana aus Marokko, die übliche Versandgröße zwischen Nordafrika und Spanien. Jemand musste die Ladung in der vergangenen Nacht über Bord geworfen haben, als die Küstenwache kam. Oder schon vorgestern, letzte Woche? Manchmal trieben die Pakete tagelang im Meer, bevor jemand sie herausfischte und mitnahm. Das war immer die Frage: Fanden die Händler sie? Oder die Polizei?

Das Paket glänzte im Morgenlicht. Solana erkannte die dicke Plastikschicht, von der die Leute immer redeten, ein schützender Mantel, damit die empfindliche Ware es lange im Wasser aushielt. Hin und wieder hatte sie davon gehört, dass Familien aus der Gegend Marihuana gefunden, heimlich verkauft und sechs Monate davon gelebt hatten. Es galt als

Glückstreffer, so ein Paket zu finden. Man musste nur geschickt sein und die nötige Geduld aufbringen. Man durfte nichts überstürzen.

»Sie werden es vermissen«, sagte sie zu sich selbst. Sie akzentuierte sorgfältig, denn ihr war feierlich zumute. »Sie werden danach suchen. Sie werden herumfragen, wer es gesehen oder mitgenommen hat. Aber wenn sie es nicht finden, geben sie irgendwann Ruhe.«

Der letzte ihrer Sätze war ihre eigene Deutung. Sie wusste nicht, wie lange die Drogenhändler nach der verlorenen Ware forschen würden. Manchmal, so wurde erzählt, trieb die Strömung ein verloren gegangenes Paket auch in die Meerenge hinaus. Wer wusste denn, was so eine Strömung tat? Man konnte Grenzen überwachen, Boote durchsuchen und die Innenverkleidung von Autos aufreißen. Aber die Strömung war unkontrollierbar.

Sie sah sich um. Ihr Herz schlug höher. Einen Augenblick lang war sie versucht wegzulaufen. Doch sie zwang sich stehen zu bleiben, den Wind in ihrem Haar zu spüren und ein paar Sekunden lang an gar nichts zu denken. Als sie wieder hinschaute, lag das glänzende Paket noch genauso da wie vorher, und der Strand war leer.

Sie war sich kaum bewusst gewesen, dass sie einen Fuß vor den anderen gesetzt hatte, nicht schnell, nicht langsam, aber mit einem klaren Ziel. Sie lief auf das Paket zu, angezogen wie von einem Magneten. Als sie sich bückte, um das Paket zu berühren, spürte sie wieder ihr Herz pochen. Sie drehte sich um, ob jemand den Krach gehört hatte, den ihr Herz machte. Aber der Strand war immer noch leer. Solana blickte aufs Meer hinaus. Kein Boot war zu sehen, kein Schwimmer, nichts.

Sie nahm ihr Halstuch ab, machte eine Schlaufe daraus und schlang sie durch den Griff des Pakets. Dann schleifte sie es hoch an die Böschung neben einen Mülleimer. Gewissenhaft ging sie zurück, wie sie gekommen war, und verwischte im Sand die Spuren. Sie dachte: Hier muss ich es liegen lassen, bis ich das Auto geholt habe. Ich kann diese dreißig Kilo nicht tragen. Wenn es jemand in der Zwischenzeit findet, ist es weg. Ich darf es auch nicht aufmachen, selbst wenn ich es könnte. Ich darf es nur ganz mitnehmen. Oder gar nicht.

Solana zog das Paket hinter den Mülleimer, damit es vom Strand aus nicht so leicht zu entdecken war, und ging das Auto holen. Sie hatte beschlossen, das Gelingen ihrer Aktion dem Schicksal zu überlassen. Sie wollte sich auch nicht übermäßig damit beeilen, den Wagen näher heranzufahren, denn sie durfte keinen Verdacht erregen. Wenn ein Bekannter sie sah, musste alles so wirken wie immer.

Während sie die Böschung hochkletterte, empfand sie tiefe innere Ruhe. Sie dachte: Ich hänge nicht von diesem Paket ab. Es käme uns sehr gelegen, dieses Paket, das ist alles. Ein Geschenk des Meeres. Aber solange es nicht im Kofferraum des Autos liegt, habe ich nichts damit zu tun. Ich weiß nichts davon und habe es nie gesehen.

Als sie Antonio später erzählte, wie leicht es gewesen war, das Paket einzuladen und ungesehen davonzufahren, schüttelte er den Kopf.

»Sie werden es herausfinden, Sol.« Er machte ein sorgenvolles Gesicht. »Sie werden kommen und es sich zurückholen. Es wäre besser, wir erkundigen uns gleich, wem es gehört. Ich weiß, wen ich fragen kann.«

Sie saßen am Küchentisch, wo sie immer ihre Haushaltsangelegenheiten besprachen.

»Antonio! Wir werfen Geld zurück ins Meer!« Solana packte seine Hand fester, als sie es beabsichtigt hatte.

»Ich weiß. Aber wir kommen damit nicht durch. Sie werden es herausfinden. Und diese Jungs sind nicht zu Späßen aufgelegt. Die neue Diskothek in Conil, hast du davon gehört? Dort waschen sie ihr Geld. Das sind Drogenhändler, Sol. Die haben große Familien zu ernähren.«

»Und jetzt sind wir dran. Denk nach!« Ihre Augen leuchteten.»Wir haben keine Vorgeschichte. Wir kennen niemanden von denen. Und niemand kennt uns. Wenn wir einfach nur still sitzen und drei Monate nichts tun, werden sie es vergessen.«

»Wir müssen das Marihuana irgendwann verkaufen«, sagte Antonio. Er sah seine Frau an, als entdecke er gerade eine neue Qualität an ihr.»Und dann wird es gefährlich.«

»Daran habe ich schon gedacht.«

»Wenn wir überhaupt so weit kommen.«

»Antonio, hör mir zu. Patis Mann kennt sich damit aus. Sie haben vor Jahren mal was gefunden, weißt du nicht mehr? Sie haben einfach abgewartet und dann ganz überlegt ihre Karten ausgespielt. Das Geld hat ihnen wirklich weitergeholfen. Ich könnte mal mit Pati reden.«

»Dann gibt es die erste Mitwisserin. Dann redet Pati mit Gustavo, und schon sind es zwei. Gustavo kann in der Kneipe den Mund nicht halten, und schon weiß es das ganze Viertel. Nein, Sol. Sie werden es herausfinden. Und dann werden sie kommen und es sich holen.«

Es ist das, was immer folgt, wenn sie an Antonios Morgengänge mit seinem Metalldetektor denkt, selbst jetzt, als sie sich auf dem Klinikbett an ihren schönen Traum erinnert. Die friedlichen Bilder verblassen, und eine neue Geschichte beginnt. Mit neuen Fragen. Was zum Beispiel geschehen wäre, wenn *er* das Paket gefunden hätte und nicht sie. Antonio hätte es liegen gelassen oder an der richtigen Stelle abgeliefert, um sich eine Belohnung zu verdienen. Aber so ist es nicht gelaufen. *Sie* hat das Paket gefunden. Sie hat Pläne gemacht und beschlossen, etwas für ihre gemeinsame Zukunft zu tun. Und sie wusste, je länger sie an dem Paket festhielte, desto eher wäre Antonio bereit nachzugeben. Er war kein dominanter Mann. Manchmal stur, wie alle Männer, er ließ sich ungern hereinreden. Aber wenn jemand einen guten Plan hatte, war er immer bereit zuzuhören.

Bevor Diego aus der Schule nach Hause kam, hatte Solana das Paket in einem Hochschrank verstaut, hinter der ausgemusterten Babywäsche. Man brauchte eine Leiter, um heranzukommen, und selbst wenn man oben stand und mit den Händen in den Sachen wühlte, sah man erst einmal nichts. Es war ein sehr tiefer Schrank, ideal, um einen großen Gegenstand zu verstecken.

Am vierten Tag gab Antonio nach. Er hatte sich diskret umgehört und nichts von einer verloren gegangenen Haschischlieferung in Erfahrung gebracht. Stattdessen wurde nicht weit von El Palmar ein Mann festgenommen, der eine Lieferung in einem Kleinbus transportiert hatte. Festnahmen bedeuteten Unruhe. Die Händler mussten die Vorsicht erhöhen. Manchmal wurden in den Tagen darauf Lieferungen umgeleitet oder abgesagt. Sie beide fanden, dass es für die Händler schwierig sein würde, einem einzelnen Paket nachzuspüren, von dem niemand wusste, wo es geblieben war.

»Absolutes Schweigen, Sol«, sagte Antonio. »Hast du verstanden? Wenn wir übermütig werden, sind wir dran.«

Am Ende sei die Ware gar nicht so viel wert, sagte Solana, genau betrachtet. Zwanzigtausend Euro, vielleicht etwas mehr, je nach Verkaufskommission. Das waren die Zahlen, die Pati ihr damals genannt hatte. Man musste jedes Paket in Relation zum Jahresumsatz sehen, erklärte sie ihrem Mann. Man musste den Aufwand bedenken, den ein Paket Marihuana verursachte, und wer einen Taschenrechner bedienen konnte, dem war klar, dass die Suche nach einem einzigen verlorenen Schaf, wo es um eine ganze Herde ging, eine Grenze haben musste. Die Händler waren doch nicht blöd! Die interessierten sich für das Ergebnis unterm Strich, nichts anderes.

Und nach weiteren fünf Tagen, in denen sie nichts Verdächtiges hörten, kam es ihnen so vor, als sei das Paket in ihren legitimen Besitz übergegangen.

»Unser Paket«, sagte Solana leise, wenn Diego sie nicht

hören konnte. »Unser Paket.«

Etwas Warmes, Lebendiges durchströmte sie. Solana sah Antonio an und fragte sich, ob er dasselbe empfand wie sie. Jeden Abend, wenn der Junge im Bett war, stieg sie auf die Leiter, wühlte sich mit der Hand durch die Babywäsche und betastete die dicke Plastikschicht. Einmal, als sie ganz sicher war, dass Antonio sie nicht hören konnte, wünschte sie dem Paket eine gute Nacht.

Solana denkt gern an die Wochen, die auf ihr heimliches Abkommen folgten. Sie lebten so wie immer, Antonio und sie, und doch lebten sie ganz anders. Zumindest sie, Solana. Sie genoss es, ein großes Geheimnis zu haben. Es war ein Antrieb, des Geldes würdig zu sein und ihr Leben mit neuen Augen zu sehen. Sie überlegte sich, ob sie ihre Halbtagsstelle im Supermarkt nicht aufgeben und etwas Besseres finden könnte? Bisher, dachte sie plötzlich, hatte sie gar nicht richtig gesucht. Wie wäre es, sie arbeitete in einem dieser süßen Modeläden? Oder sie könnte die Buchhaltung in einer der Surfschulen von El Palmar erledigen, auch das wäre etwas nach ihrem Geschmack. Warum hatte sie sich nur so lange damit begnügt, an der Kasse zu stehen und fremder Leute Tiefkühlpizza von rechts nach links zu schieben, bis sie Schmutzränder unter den Fingernägeln bekam? Sie schüttelte den Kopf und beschloss, ihr Leben zu ändern.

Es hing alles von ihr ab, das wusste sie. Antonio war längst wieder zu seinen Strandgängen, dem Metalldetektor und seinen philosophischen Erkenntnissen zurückgekehrt. Es schien ihm ganz egal zu sein, wann sie darangehen könnten, das Marihuana zu verkaufen. Solana stellte an ihrem Mann mangelnden Ehrgeiz fest, eine gewisse Weichheit im Kampf. Auch die Sache mit dem Paket war als Kampf zu betrachten. Es stimmte, sie hatte die sanfte Seite an ihm immer gemocht, besonders früher. Aber inzwischen fragte sie sich, ob Antonio für das, was in ihrem Leben geschehen würde, wirklich gerüstet war.

Sie kamen zu dritt, am frühen Morgen, und es war ihnen egal, ob die Nachbarn sie hörten. Sie brachen das Schloss auf, als täten sie so etwas öfter. Einer ging gleich zu Diego ins Kinderzimmer und packte ihn am Nacken. Die anderen beiden gingen zu Antonio und Solana hinein. Antonio wollte sich gerade anziehen, um zu seinem Strandspaziergang aufzubrechen, er war bis zur Unterhose gekommen, da beförderte ein harter Tritt ihn zu Boden. In der Hand des Mannes, der ihm seinen Turnschuh auf die Brust stellte, war ein Hammer. Der andere Mann, ein Dicker mit Fischermütze, setzte sich auf das Bett und wartete, bis Solana richtig wach war. Dann würgte er sie und drückte sie aufs Bett zurück wie eine Stoffpuppe.

»Wir haben uns umgehört«, sagte der Mann mit dem Hammer. Er ließ das schwere Ding in der Hand baumeln und sah Antonio nicht an. »Es hat lange gedauert. Unser Herr musste sich sehr ärgern. In den ersten Tagen dachte er, da ist uns was durch die Lappen gegangen. Spurlos verschwunden. Das war eine Aufregung! Habe ich eure Aufmerksamkeit?«

Der Mann mit dem Hammer schlug dem liegenden Antonio gegen das rechte Knie, ansatzlos und nicht besonders fest, er ließ das Gewicht des Hammers einfach von außen gegen das Knie fallen. Antonio wollte schreien, bezähmte sich aber und würgte den Schmerz herunter. Er atmete schnell und zischend. Der Mann mit dem Hammer betrachtete ihn interessiert.

»Ihr wisst, worum es geht. Wir können es kurz machen.« Er gab seinem Kumpel ein Zeichen. Der packte Solana an den Haaren und zog sie ins Wohnzimmer.

»Hör zu, du Idiot«, sagte der Mann mit dem Hammer zu Antonio. »Ich muss das unserem Herrn nachher alles erklären. Wie es mit euch gelaufen ist und so. Ich würde ihm gern sagen, dass es glattgegangen ist, ohne unnötigen Widerstand. Habe ich deine Aufmerksamkeit? Ich würde ihm gern sagen, dass er sich keine Sorgen machen muss. Sag mir, wo das Paket ist, und du kommst mit beiden Beinen hier raus.«

»Ich weiß nicht, wovon du redest.«

Diesmal fiel der Hammer auf die Innenseite des linken Knies. Der Mann war Experte. Antonio konnte den Schrei nicht unterdrücken. Aber was danach kam, war schlimmer, ein Brennen, das nicht mehr aufhörte.

»Mein Kumpel kümmert sich gerade um deine Frau«, sagte der Mann mit dem Hammer.

Antonio wollte lieber nicht wissen, was im Wohnzimmer vor sich ging, und er wusste es nicht. Um etwas zu wissen, hätte er etwas sehen müssen. Aber er sah nichts. Er dachte an das, was Solana und er verabredet hatten. Eine gewisse Sturheit, das war das Mindeste, was er zeigen wollte. Es waren Verbrecher, und sie sollten es nicht leicht haben.

»Ich weiß nicht, wovon du redest, verdammt!«

»Ich glaube, du lügst.« Der Mann mit dem Hammer drückte seinen Schuh fester auf Antonios Brust. »Die Nachbarn reden, weißt du. Es gibt immer einen, der etwas mitkriegt. Dieser eine hat deine süße Frau mit dem Paket gesehen. Habt ihr es schon verteilt? Unser Herr würde das gern wissen. Sag schon, ich kriege es sowieso heraus.«

Es gelang Antonio, die Hand mit dem Hammer zu packen und den Mann über ihm aus dem Gleichgewicht zu bringen, aber nur kurz. Am Ende machte er alles nur schlimmer, denn der Mann wurde wütend und schlug danach systematisch auf seine Beine, bis Antonio das Bewusstsein verlor.

Als er wieder zu sich kam, war alles vorbei. Während ihn Rettungssanitäter auf eine Trage legten, versuchte er sich zu erinnern, ob er etwas Falsches getan hatte, doch da war nichts, er hatte nur dagelegen, die Schläge des Mannes mit dem Hammer über sich ergehen lassen und immer wieder geschrien, er wisse von nichts. Sie hatten ein Abkommen geschlossen, Solana und er, das Paket betreffend, und daran wollte er sich halten. Solange sie nichts anderes vereinbart hatten, würde er auf Kurs bleiben.

Später erfuhr er, dass das Paket verloren war.

»Sie hatten Diego«, sagte Solana. »Weißt du, was sie mit Diego gemacht hätten?«

Antonio sagte nichts, aber in Gedanken stellte er Solana immer wieder dieselbe Frage: Und was haben sie mit dir gemacht?

Der Herbst in der Nähe von Oslo ist anders als der Herbst, den sie kennen. Um fünf Uhr nachmittags wird es kalt, und die frühe Dunkelheit drückt sie nieder, als würden ihnen die Tage weggenommen, bevor sie sie gelebt haben. Am Abend spricht Solana wieder davon, dass es gut wäre, sie hätten eine Landkarte, um sich genauer anzusehen, wo sie sind. Dieses Norwegen sei riesig! Dann erwähnt sie die praktischen Mobiltelefone, die mit Landkarten ausgestattet sind. Sie habe schon lange darüber nachgedacht, sich so eins anzuschaffen.

Antonio sagt nichts.

»Bald wirst du wieder laufen«, sagt Solana. »Du könntest das Ufer des Sees dort drüben erkunden. Vielleicht schicken sie uns ja von zu Hause deinen Metalldetektor, hättest du das gern? Ich kann deinen Wunsch weitergeben.«

Antonio hat in den letzten Tagen auch schon daran gedacht, aber das sagt er Solana nicht. Er kann nicht mit ihr sprechen. Er kann sie auch nicht ansehen. Sie haben etwas verloren, denkt er, und er wünschte, er könnte endlich wieder seine Beine benutzen, um sich auf die Suche danach zu machen.

Tina hilft

»Vielen Dank, dass Sie sich zu diesem Gespräch bereit erklärt haben«, sagte der Mann und zückte den Kugelschreiber, notierte etwas in seinem Heft und blickte auf. »Wir sind dankbar, wenn Menschen uns von ihrer Zeit geben, um etwas gegen die Armut zu tun. Es ist für niemanden leicht, bei diesen wirtschaftlichen Aussichten. Das ist uns sehr bewusst.« Er leckte sich über die Lippen. »Ich kann Sie Cristina nennen, nicht wahr? Cristina, wie sind Sie auf unsere Webseite gekommen? Hat Ihnen jemand davon erzählt? Waren Sie … ahm, auf der Suche nach solchen Initiativen?«

»Das kann ich eigentlich nicht sagen.«

Sie verstummte. Das war überhaupt nicht ihre Art. Sie hörte sich selten schweigen, wenn es etwas zu sagen gab. Und es gab so viel zu sagen.

Ohne länger nachzudenken, hatte sie dem Treffen zwei Tage zuvor zugestimmt, war sich jetzt aber nicht mehr sicher, dass es eine gute Idee gewesen war.

»Ich glaube, ich habe nur getan, was ich für richtig hielt. Man will etwas tun.«

Der Mann notierte etwas in seinem Heft. Das machte Cristina nervös.

»Hören Sie«, sagte sie, »könnten wir einen Augenblick … Können wir ohne Notizen sprechen? Nur kurz. Bis der Kaffee kommt.«

Der Mann blickte auf. Er hatte sich am Telefon als Óscar vorgestellt, Óscar Gálvez, von der Aktion gegen Armut. Er kenne den Webmaster, sagte er, stehe mit ihm in engem Kontakt und kümmere sich um die Außenwirkung. Man wollte die Webseite besser bekannt machen und »in der Öffentlichkeit verankern«. Man müsse »mit dem Thema der sozialen Not punkten«. Cristina hatten diese Ausdrücke nicht besonders gefallen, aber sie war nicht von gestern, sie wusste, dass PR heute oft wichtiger war als das Anliegen selbst. Also hatte sie zugestimmt, ohne zu fragen, woher Óscar ihre private Telefonnummer hatte. Sie schlug ein Café in der Nähe des Büros vor, zur Mittagszeit.

»Ohne Notizen?« Óscar war einen Moment ratlos. »Na ja, wir haben unseren Fragebogen, der uns verrät, wie die Webseite bei den Usern ankommt. Aber wenn … Gut, was wollen Sie mir erzählen? Hier. Ich lege den Stift weg.« Er lächelte, und sein Gesicht wurde jünger. Cristina schätzte ihn auf Mitte dreißig. Er sah sie erwartungsvoll an.

Cristina musste ihre Gedanken ordnen. Genau betrachtet, hatte sie noch nicht alles durchdacht. Sie hatte geholfen, spontan, wie sie es immer tat. Sie war ihrem Herzen gefolgt. Ihr Lebensgefährte, Alfredo, und ihre Freunde wussten, wie schnell sie Entscheidungen traf. Manchmal nannte Alfredo sie »emotional«, aber sie empfand es ganz anders, als völlig normale menschliche Reaktion. Wenn sie einmal Kinder hätte, würde sie ihnen alles zeigen – wie man mit offenen Augen durch die Welt läuft, wie man sich um andere kümmert und all das. Als sie die ersten Essenspakete gepackt und bei Alcampo Wäsche gekauft hatte – da wusste Alfredo noch nichts davon –, stellte Cristina sich tatsächlich vor, wie ihre Kinder neben ihr stünden und ihr interessiert zusähen. Ihr Großer (sie wünschte sich zuerst einen Jungen) würde von »den Armen« sprechen, sobald er aus dem Kindergarten käme, und die Kleine würde es ganz süß nachplappern. Cristina wusste, dass diese Lektionen prägend waren. Soziales Gewissen musste vorgelebt werden. Merkwürdigerweise tauchte Alfredo in diesen Phantasien nicht auf, und manchmal gab ihr das zu denken.

»Vielleicht ist es ja auch Teil des Fragebogens«, sagte sie. »Wie man dazu kommt, sich um seine Mitmenschen zu kümmern. Was einem dabei durch den Kopf geht.«

»Die Motive«, sagte Óscar sanft.

»Genau, die Motive. Ich weiß es nicht. Gibt es denn … Gibt | 125
es *sehr* viele Menschen, die bei der Aktion gegen Armut mitmachen?«

»Haben Sie auch einen Fragebogen dabei?«, sagte Óscar und lachte auf. »Dann raus damit, auf den Tisch!« Und seine Hand klopfte auf die Stelle, wo er ihren Fragebogen zu sehen wünschte. »Aber im Ernst. Wir bekommen dreihunderttausend Klicks im Monat. Tendenz steigend. Sie haben es ja gesehen. Sie, Cristina, sind aus eigenem Antrieb über die Webseite mit bedürftigen Menschen in Kontakt getreten. Was dabei geschieht, bei diesem … Kontakt, das ist eine Sache zwischen dem Helfenden und dem Bedürftigen. Manches spielt sich auf der Webseite ab, der erste Austausch, die Details der Übergabe. Doch das Wesentliche entzieht sich unserem Blick. Wie es weitergeht, das regeln die Menschen untereinander. So war es doch auch bei Ihnen. Wollen Sie mir davon nicht einmal erzählen?«

»Gut«, sagte Cristina und sammelte sich, obwohl sie das Gefühl nicht loswurde, dass mit dem, was sie jetzt sagen würde, zum ersten Mal etwas Fremdes in ihr kleines Haus der Wohltätigkeit eindrang. Bisher war es allein ihre Sache gewesen, wie sie sich für Not leidende Menschen engagierte. Jetzt wurde es statistisch erfasst.

»Ich glaube, es war das Radio.« Sie sah zum Tresen hinüber, ob sich jemand um ihre Bestellung kümmerte. »Genau, ich hörte Radio im Auto, Cadena SER, und sie sprachen über Suppenküchen. Dass immer mehr Menschen in diese Suppenküchen gehen, um sich ihr Essen zu holen. Dass es bei vielen nicht mehr zum Leben reicht. Meinten Sie das?«

Óscar nickte. »Wir nennen das Auslöser oder Initialzündung. Wenn die Erkenntnis einen trifft wie ein Flash. Fahren Sie fort.«

Cristina hatte auch genickt, nachdem Óscar mit dem Nicken begonnen hatte. Eigentlich wollte sie unentwegt nicken, weil es doch so offensichtlich war. »In der Sendung hieß es, dass es diese Suppenküchen und Essenstafeln jetzt überall gibt und dass die Hilfsorganisationen mit den Lieferungen gar nicht nachkommen.«

»Das trifft zu.«

»Und als sie aufzählten, wo es überall Suppenküchen gibt, war ich erstaunt. Nein, das ist nicht das richtige Wort. Ich war erschreckt. Ich war erschreckt darüber, dass es in meinem Land Dinge gibt, von denen ich keine Ahnung hatte. Das soll Spanien sein? Ich meine, ich kannte das *Wort* Suppenküche. Aber ich habe noch nie eine gesehen. Ich habe noch nie in einer gegessen.« Sie spürte, dass ihr Atem schneller ging. »Haben Sie schon einmal in einer Suppenküche gegessen?«

»Natürlich.«

»O«, sagte sie. »Und ist es …?« Sie schaute wieder zum Tresen, wann endlich der Kaffee käme.

»Ist es reichlich, dieses Essen?« Óscar sah sie unverwandt an. »Ist es gut? Wollen Sie das fragen?« Seine Hand lag auf dem Kugelschreiber, nahm ihn aber nicht auf. »Das kommt darauf an, was Sie unter ›gut‹ verstehen. Die Menschen, die in Suppenküchen essen, stellen sich diese Frage nicht. Und wissen Sie, warum nicht?«

Cristina nickte verlegen. Óscar ließ die Stille noch etwas nachwirken.

»Was haben Sie dann gemacht, Cristina? Nachdem Sie die Radiosendung gehört hatten.«

»Ja, das war … ungewöhnlich. Die Sache hat mich nicht losgelassen. Kennen Sie das, wenn einen etwas verfolgt? Ich wollte nicht akzeptieren, glaube ich, dass dies mein Land war. Dass wir alle … Nicht *alle* natürlich, aber ein großer Teil unserer Bekannten und Freunde, Menschen unserer Schicht, dass wir ruhig weiterleben wie bisher und nichts tun, während | 127 bei uns so etwas passiert. Die Zahlen, die in dieser Sendung genannt wurden, waren grauenhaft. Ich halte mich für einen gut informierten Menschen, ich lese Zeitung, sehe die Fernsehnachrichten, aber irgendwie, glaube ich, ist uns das allen entgangen.«

»Nicht allen, Cristina.«

»Natürlich nicht«, sagte sie und senkte den Kopf. Als sie ihn wieder hob, sah sie, dass Óscar seinen Fragebogen studierte. Wie dumm sie sich verhielt! Erst stimmte sie dieser Verabredung zu, und dann erzählte sie belangloses Zeug wie ein Hühnchen und gab Meinungen von sich, die nicht zur Sache gehörten. Schuldbewusst suchte sie nach einem Satz, der es wiedergutmachte. Sie stahl Óscar die Zeit. Aber … da war etwas an seinem Verhalten, das sie beunruhigte. Als wisse er mehr über sie, als sie preisgegeben hatte, als sei er schon bestens informiert zu ihrer Verabredung gekommen.

»Cristina, was arbeiten Sie? Wenn ich fragen darf?«

»Ich bin als IT-Spezialistin in der aeronautischen Industrie beschäftigt.«

»Verwaltung?«

»Entwicklung.«

»Kompliment. Das schaffen nicht viele Frauen, könnte ich mir denken.«

»Ach, es gibt einige bei uns. Nicht viele, aber einige. Wir haben einen fortschrittlichen Arbeitgeber.«

»Und einen guten, nehme ich an?«

»Ich darf nicht über Einzelheiten sprechen.« Sie lachte verschwörerisch und fand ihr Lachen sofort albern. »Strengste Sicherheitsvorschriften.«

»Verstehe«, sagte Óscar. »Es ging mir auch nur um die Frage, ob Sie, sagen wir, finanziell gut gestellt sind. Ihr Mann oder Lebenspartner arbeitet auch?«

»Mein …?«

»Ich ging davon aus, dass Sie gebunden sind.«

»Ah«, sagte sie und lachte nervös.

»Ja.« Er sah sie zum ersten Mal mit offenem, belustigtem Blick an. Cristina konnte sich vorstellen, dass Óscar nett war. Ein fixer Kopf, das auf jeden Fall. Aber das schloss Herzensgüte nicht aus.

»Wollen Sie mir jetzt denn mal erzählen«, sagte er, »wie Sie auf unsere Webseite gestoßen sind?«

»Gern«, sagte sie und war froh, zum Thema zurückkehren zu können. »Ich habe im Computer ›Armut in Spanien‹ eingegeben. Dann ›soziale Not‹. Verschiedene Sachen. Da hatte ich es ganz schnell. Mir gefiel der Name. ›Aktion gegen Armut‹. Dann habe ich gesehen, was dort los war. Ich habe mich richtig festgelesen. Mir sind die Tränen gekommen, ja, das kann ich ruhig sagen.«

»Solcher Tränen muss man sich nicht schämen. Ich wünschte, Cristina, viele würden diese Tränen weinen.« Bitterkeit schwang in dem Satz mit, Erfahrungen womöglich, von denen Cristina sich keinen Begriff machte.

»Sie haben bestimmt schon viel gesehen«, sagte sie mit Empfindung. Sie war versucht, seine Hand zu streicheln, die nahe der ihren auf dem Tisch lag, am oberen Rand seines Blocks. Aber sie hatte Angst, ihre Geste könne missverstanden werden. »Es muss schwierig sein.«

»Was soll man machen? Es tut gut, auf Verständnis zu
stoßen.« Er seufzte. »Also. Was geschah dann? Nachdem Sie
am Computer geweint hatten?«

»Ich … Was? Ich habe nicht am *Computer* geweint.«

»Nein? Wo denn, Cristina?«

»Im Schlafzimmer.« Sie lehnte sich zurück und blickte
über seinen Kopf hinweg zu den Whisky- und Brandy-
flaschen hinter dem Tresen. »Ich habe im Schlafzimmer
geweint«, wiederholte sie mit fester Stimme. Warum sollte
Óscar es nicht wissen? Sie hatte im Schlafzimmer geweint, | 129
auf die linke Seite gerollt, wie sie es immer tat. Mit der rechten Hand hatte sie sich die Tränen abgewischt, wie um zu
sagen: Nicht so schlimm, es ist gleich vorbei.

»Das tut mir leid«, sagte er.

»Danke.« Sie strich ihm über die Hand, und Óscar drehte
sie, um kurz ihre Finger zu drücken. Die seinen waren schlank,
wie die Finger eines Klavierspielers. »Danke«, wiederholte
sie. »Nicht so schlimm. Man weint manchmal. Was wäre das
Leben ohne Tränen?« Sie fragte sich, wo sie diesen dummen
Satz aufgeschnappt hatte. »Óscar, wo waren wir?«

»Die Webseite.«

»Ja, die Stunden, die ich vor eurer Webseite verbracht
habe. Ich war wirklich beeindruckt. Wir können uns duzen,
Óscar, in Ordnung? Alles andere käme mir sehr förmlich
vor.«

»Gern, Cristina.«

»Das kannst du dem Webmaster weitergeben, mit schönen
Grüßen von mir. Wie beeindruckend die Texte sind, die ich
auf dieser Webseite gelesen habe. Manche waren wie ein Aufschrei.«

»Es ist wichtig für die Menschen, von ihren Anliegen zu
sprechen«, sagte Óscar. »Über das, was ihnen fehlt. Wir haben
sogar Online-Psychotherapie. Auch unsere Tauschbörse findet großen Anklang.«

»Ja, habe ich gesehen. Das fand ich toll. Ich meine, vom Design her ließe sich noch einiges an der Seite verbessern, sie wirkt ziemlich handgestrickt, all die Unterstreichungen und bunten Farben. Da müsstet ihr mal einen guten Webdesigner ranlassen. Aber darauf kommt es nicht an. Die Webseite überzeugt durch Authentizität. Sie ist echt, fast roh.«

»Wie die Wahrheit, von der sie berichtet.«

»Genau. Wie die Wahrheit. Am späten Abend musste ich gleich meinem Freund davon erzählen. Ich konnte nicht länger warten. Weißt du, Alfredo arbeitet lange.«

»Du musstest dein Erlebnis mit jemandem teilen. Das kann ich gut verstehen.« Óscar lächelte, und mit seinem wuscheligen dunklen Haar sah er aus wie ein Student.

Cristina nickte und lächelte auch. »Jetzt verrate ich dir was Verrücktes. Ich habe mir vorgestellt, wie ich meinen Kindern davon erzählen würde. Ich meine, wir haben noch keine Kinder, Alfredo und ich, aber die Vorstellung kam ganz automatisch. Wie eine Fotografie von der Zukunft. Ich sah uns in der Küche, die Kinder und mich. Ich habe sogar gesehen, dass die Kleine mit ihren Händchen noch nicht ganz die Tischkante erreicht.« Sie lächelte wieder. Sie fühlte sich auf einmal viel entspannter. »Dann wurde mir klar, dass mir sehr viel daran liegen würde. Ihnen sofort von allem zu erzählen, weißt du? Zum Beispiel, dass es Kinder in ihrem Alter gibt, die viel weniger haben als sie und nicht einmal zu Weihnachten Spielzeug bekommen. Dass wir, die Großen und die Kleinen, eine besondere Verantwortung tragen.«

Óscar nickte.

»Soziales Gewissen«, sagte Cristina schnell, »stimmt's? Das habe ich Alfredo auch gesagt. Er war nämlich gar nicht begeistert von der Idee, dass ich mit den Bedürftigen Kontakt aufnehme. Er sagte, wer weiß, worauf du dich da einlässt, ich traue diesem Internet nicht. Lass die Leute auf keinen

Fall in die Wohnung, schon gar nicht, wenn ich nicht da bin! Ich war ziemlich wütend auf ihn, das kann ich dir sagen. Es ging mir um *Hilfspakete*, Herrgott. Männer können so prinzipiell sein.«

Óscar nickte unmerklich.

»Alfredo hat mir den Wind aus den Segeln genommen. Ist das der richtige Ausdruck?«

»Man könnte auch sagen, er hat dir die Flügel gestutzt.«

»Ja«, sagte sie nachdenklich. »Alfredo hat mir die Flügel gestutzt. Und ich finde, gerade bei diesem Thema hätte er das nicht tun dürfen. Nicht, dass es das erste Mal gewesen wäre. Vergessen wir's. Ich war enttäuscht von ihm, das kann ich sagen.«

»Jeder hat seine Prioritäten, Cristina. Jeder Einzelne von uns. Ich habe die Nachrichten gesehen, die du auf der Webseite gepostet hast.« Seine schlanke Hand ruhte auf dem Schreibblock, der zu ihrem Fall bisher kaum mehr als drei Zeilen enthielt. Óscar schien den Fragebogen völlig vergessen zu haben. »Der Webmaster und ich«, sagte er, »wir glauben beide, dass du von allen die besten Nachrichten geschrieben hast. Ich sage das nicht so dahin. Dort schreiben viele hundert Leute. Aber du bist einzigartig.«

»Im Ernst?« Cristina spürte, wie sie errötete. »Das ist …«

»Im Ernst, ja. Es ist eine sehr feine Linie, die Hilfsbereitschaft von Gönnerhaftigkeit trennt. Aber du hast einen Ton getroffen, der die Bedürftigen anspricht, der sie erreicht. Der ihnen, wie soll ich sagen? Ihre Würde lässt.«

»Das freut mich sehr, Óscar. Es tut gut, das zu hören. Man macht es ja nicht wegen der Anerkennung, aber man will auch nicht unter Verdacht gestellt werden.« Wie Alfredo es tat, wollte sie hinzufügen, schluckte es aber herunter.

Óscar sah sie an. Sie spürte bei ihm ein Wissen um wichtige Zusammenhänge, um Dinge, die zählten. Es machte sie verlegen, dass er sie mit seiner ruhigen Aufmerksamkeit ansah. Sie strich sich durchs Haar. Dann sah sie auf die Uhr.

»Sag mal, sie scheinen uns hier wirklich vergessen zu haben. Unseren Kaffee. Ich glaube, ich hätte Lust auf ein Glas Weißwein. Ein paar Minuten habe ich noch. Wie steht's mit dir? Kannst du der Bedienung winken?«

Sie bestellten jeder ein Glas Weißwein. Diesmal ging es schnell. Die Bedienung, die ihren Kaffee notiert hatte, war schon gegangen.

»Fast besser so«, sagte Cristina, als sie miteinander anstießen. »Eigentlich bestelle ich Kaffee nur aus Gewohnheit. Aber sag mir Bescheid, wenn ich Unsinn rede, hörst du? Ich will nicht, dass man den Weißwein im Fragebogen liest.«

Sie nahm einen Schluck und lächelte. Zum ersten Mal, seit sie mit den Hilfspaketen angefangen hatte, fühlte sie sich anerkannt. Als Alfredo ihr nach dem fünften Paket eine Szene gemacht hatte, war sie dazu übergegangen, die Sendungen vom Büro aus zu organisieren. Aber sie war verletzt. Er wollte ihr einreden, sie tue etwas Schlechtes, das sie verheimlichen müsse. Sie wusste selbst noch nicht genau, wie weit sie ihr Engagement treiben wollte, sie hatte sich keine Quote gesetzt. Bisher hatten ihre Pakete viel Gutes gestiftet. Und bei der Weitergabe ihrer persönlichen Daten war sie extrem vorsichtig. Sie hatte sich einen Aliasnamen zugelegt, unter dem sie auf dieser Webseite auftrat: »Tinahilft«.

Den Namen fand sie überaus zutreffend. Tina hilft. Tina half eher Frauen als Männern, weil Frauen besser mit Geld umgehen konnten und weniger tranken. Frauen zeigten überhaupt mehr Verantwortung. Sie beherrschten das Verteilen der Waren. Deshalb hatte bisher noch kein Mann, der sie um Hilfe bat, vor ihrem prüfenden Blick Gnade gefunden. Tina wollte nicht einmal, dass die Bedürftigen sie, ihre Wohltäterin, kennenlernten, so wenig wie Tina die Bedürftigen kennenlernen wollte. Tina war nicht auf Dank aus, nicht auf Lob oder Anerkennung. Tina begehrte gegen soziale Ungerechtigkeit auf und wollte tun, was in ihrer Macht stand, nicht mehr und nicht weniger. Die Vorstellung, dass die armen Frauen, denen sie half, sich durch Tinas Gaben beschämt fühlen könnten, war ihr unangenehm. Nein, das alles ließ sich anonym regeln. Tina half gern, aber sie agierte im Schatten.

Nur bei einer Venezolanerin hatte Cristina eine Ausnahme gemacht und sich mit ihr persönlich verabredet. Sie hatte be- schlossen, ihr Umstandskleidung zu kaufen. Die Venezolanerin, Wendy, war groß und stämmig. Sie lebte noch nicht lange in Madrid, und Cristina sah voraus, dass sie Schwierigkeiten haben würde, etwas in ihrer Größe zu finden. Eine einzige Mittagspause, und das Problem war gelöst. Was immer Alfredo auch davon halten mochte, Cristina hatte Wendy einen Weg aus ihrer Notlage gewiesen. Was war so schlecht daran, wenn die Wohlhabenderen etwas von ihrem Geld abgaben?

»Wo waren wir stehen geblieben, Óscar?«, sagte Cristina, nachdem sie einen großen Schluck Wein getrunken hatte. Sie fühlte sich unternehmungslustig und beugte sich vor. Jetzt war sie froh, dass sie sich mit Óscar verabredet hatte. Das Gespräch mit ihm erweiterte ihre Perspektive. In gewissem Sinn rückte es die Dinge wieder zurecht, die Alfredo mit seinem albernen Misstrauen in Unordnung gebracht hatte.

»Was sind deine Kriterien?«, sagte Óscar. »Das würde mich interessieren. Wie wählst du aus? Warum nimmst du mit dem Einen Kontakt auf, mit dem anderen nicht?«

»Man kann nicht allen helfen, ist mein Motto.« Sie lachte und zuckte die Schultern. Als sie sah, dass er kaum etwas von seinem Wein getrunken hatte, war sie drauf und dran, ihm zu sagen, er sei ein Spielverderber.

»Dein *Motto*? Cristina, was heißt das?«

»Hör zu, meine Zunge ist schon ein bisschen schwer. Ich meine, es gibt einfach zu viele von diesen Armen. Nach dem ersten Besuch auf eurer Webseite hat mir der Kopf gebrummt. Puh, und dann das amateurhafte Design in Grün und Rot und Gelb, aber das habe ich dir ja schon erzählt. Am Ende blieben die übrig, die ich sympathisch fand.«

»Und wann«, sagte er langsam, »findest du jemanden sympathisch? Was müssen die Armen tun, um deine Anteilnahme zu wecken?«

»Óscar«, sagte sie und verzog den Mund wie ein Schulmädchen. »Das ist eine ganz hässliche Frage! Darauf will ich nicht antworten.«

»Es ist aber die allerwichtigste Frage in meinem Fragebogen.«

»Welchem Fragebogen? Du hast doch kaum etwas notiert! Sieh mal, du hast kaum von deinem Wein getrunken.«

»Nur diese eine Frage, Cristina. Ehrenwort. Dann sind wir fertig.«

»Gut«, sagte sie. »Wenn du es fest versprichst. Ich hatte gerade angefangen, dich ein bisschen zu mögen. Wie war die Frage? Ah, wie ich auswähle. Was möchtest du denn hören?«

»Ich möchte nur hören, wie du es machst«, sagte er. Seine Augen waren ganz klein geworden. »Warum du … Was deine Kriterien sind.« Er brachte die Worte heraus und verstummte.

Sie spürte, dass für ihn viel von ihrer Antwort abhing. Er schien auf ihre nächsten Worte zu lauern.

Was konnte für Óscar von ihrer Antwort abhängen?

Sie nahm noch einen Schluck Wein, diesmal einen kleinen. Der Verdacht stand plötzlich vor ihr, als wäre er durch die Tür des Cafés getreten. Als hätte sich der Verdacht zu ihnen an den Tisch gesetzt und sähe ihnen zu. Sie schämte sich dafür, aber sie errötete nicht. Zum ersten Mal, seit sie zusammen am Tisch saßen, musterte sie Óscar mit einem langen, kritischen Blick. Es war der furchtlose Blick, den ihre Vorgesetzten an ihr schätzten. Sie sah seine Jeans aus dem Großhandel, die dünne Windjacke und das billige, oft gewaschene Hemd.

So verharrten sie eine Weile. Als Óscar sich räusperte und zur Seite sah, entspannte sie sich. Wer konnte von ihr verlangen, *alles* zu tragen?

»Du hast mir geschrieben, stimmt's? Auf der Webseite. Du hast Tina geschrieben.«

»Ja«, sagte er.

Cristina wartete.

»Aber sie hat mich nicht beachtet. Mein Fall war ihr nicht wichtig genug.« Er nickte unmerklich, wie um eine Lebensweisheit zu bekräftigen. »Oder ich war ihr nicht sympathisch genug. Wer weiß?« Er lachte spöttisch.

Sie hielt seinem Blick stand, bis er die Augen niederschlug. Dann sagte sie: »Tina mag es, wenn sie höflich sind.« Sie sprach mit sanfter Stimme, als tröste sie ein Kind. »Tina gibt armen Frauen den Vorzug vor armen Männern. Und sie hat eine Schwäche für gute Rechtschreibung.«

Er schwieg. Cristina meinte, noch den Nachklang ihrer Sätze zu hören, aber das musste Einbildung sein.

Plötzlich ertönte vom Tresen her das Zischen der Espressomaschine, so dass sie beide erschraken und hinübersahen, froh, von ihrem Gespräch abgelenkt zu werden. Doch mehr geschah nicht.

Die Espressomaschine verstummte.

So saßen sie, ohne zu wissen, ob sie gehen oder bleiben sollten, keines Wortes mächtig, und die Minuten zogen vorüber.

Die Nacht von Madrid

Hätte Emilio sich mit achtzehn Jahren vorstellen sollen, wie er als Dreißigjähriger sein würde, er hätte manches erwähnt, was er sich damals sehnlich wünschte – Geld, Mädchen, ein schnelles Auto. Aber sich in allen Einzelheiten vorzustellen, wie er dann wurde, wäre ihm nicht gelungen. Es gibt Versuchungen, die zu einem bestimmten Lebensalter gehören, und wir lernen sie erst kennen (erliegen ihnen, überwinden sie), wenn wir die entsprechenden Jahre wirklich gelebt und hinter uns gelassen haben. Daneben lauern andere Gefahren, die nicht vom Lebensalter abhängen. Wie die einen und die anderen Gefahren sich vermischen können, davon handelt die Geschichte meines Freundes Emilio.

Als er klein war, nannten wir ihn den Puma, weil er sich auf dem Fußballplatz so geschmeidig bewegte wie niemand sonst. Ich könnte Seiten füllen mit Beschreibungen seiner Kunst. Die grobe Arbeit überließ er den Rennern und Wühlern, doch irgendwie schaffte er es, zur Stelle zu sein, wenn ein umkämpfter Ball zur Seite sprang. Dort war plötzlich keine Leere mehr, dort stand Emilio, blass, mit angeborener Vornehmheit, als hätte er den Ball erwartet. Gelassen nahm er ihn an und leitete den neuen Spielzug ein. Wie er in diesem Augenblick losstürmte, den Ball eng am Fuß, mit wehendem Haar, das machte ihn zum elegantesten Spieler, den wir je gesehen hatten.

Damals galt das in Madrid etwas. Wir haben schon immer

eine Neigung zu künstlerischer Exzentrik auf dem Platz gehabt. Ein Hauch von tragischer Gefährdung darf unsere Helden umgeben, wir halten sie für echter, wenn sie nicht unfehlbar oder unverwundbar sind. Was den Puma betrifft, wir bewunderten ihn, aber wir standen auch vor einem Rätsel. Denn obwohl Emilio mit seinen grünen Augen und dem kastanienbraunen Haar so gut aussah, dass die Mädchen ihn hätten umschwärmen und die Jungen vor ihm die Waffen strecken müssen, hielt er sich abseits, wie gegen seinen eigenen Willen und auf höheres Diktat. Er fühlte sich nicht wohl in Gruppen, und gerade in den Jahren, die für die Sozialisie-rung vorgesehen sind und die schon manchen Einzelgänger gebändigt haben, wurde es bei Emilio immer schlimmer. Er litt unter uns mit zwölf, er litt unter uns mit siebzehn. Er tat sich schwer mit der schulterklopfenden Kameradschaft, die diesem Land eigen ist, mit der scherzenden Anzüglichkeit unter jungen Männern in Sportvereinen.

Nicht, dass es Emilio etwas ausgemacht hätte, in unserer Gegenwart das Trikot auszuziehen; er war kein *señorito*, er kam aus einfachen Verhältnissen und wollte niemanden darü-ber täuschen. Was ihn störte, waren die vielen Menschen, die ihn umgaben. Er war ein Einzeltier, das Platz um sich herum braucht und nervös wird, wenn er fehlt. Um nicht zu fauchen oder die Zähne zu blecken, so stelle ich es mir vor, senkte der Puma unter seinen langen Wimpern den Blick, drosselte den Energieverbrauch und verfiel in Schweigen. In den nächsten Minuten kümmerte er sich nur noch um die anstehenden Aufgaben in allernächster Umgebung. Manchmal verharrte er mitten in der Bewegung, als wollte sein sehniger Körper uns sagen: Fahrt fort mit dem, was ihr tut, und achtet nicht auf mich, meine Taten folgen einem eigenen Plan.

Auf diese Weise gelang es ihm, die unvermeidliche Gesell-schaft seiner Mannschaftskameraden vor und nach dem Training eine Zeit lang zu ertragen. Er spielte gern mit uns, davon bin ich überzeugt, aber vor allem wollte er gewinnen. Wir kannten den Ausdruck mühsam bezähmter Wut in seinen Augen, wenn wir durch einen dummen Fehler, eine Unachtsamkeit eines unserer Leute im Rückstand lagen und erst einmal den Ausgleich schießen mussten, bevor an Gewinnen überhaupt zu denken war. Emilio trieb uns an, aber nicht so, wie zum Beispiel ein Kapitän seine Mannschaft antreibt. Er brüllte nicht herum, gab keine Kommandos, er warf sich nicht in die Bälle, um anderen ein Beispiel zu geben. Nein, er errichtete ein fernes, kaltes Monument, indem er sich für die Mannschaft aufopferte, einsam, wie einer, der genau weiß, dass ihm niemand folgen wird und alle Mühen vergeblich sein werden.

Sein zweifelhaftes Führungstalent sorgte dafür, dass er seinen Kameraden unheimlich blieb und nie zum Mannschaftskapitän gewählt wurde. Die Gruppe, ich eingeschlossen, bevorzugte einen Spieler aus dem eigenen Kreis, jemanden, der uns alle mit unseren Stärken und Schwächen und unserer unbestreitbaren Mittelmäßigkeit repräsentierte. Auch ich gehörte einmal zu diesen Auserwählten, die Kapitän wurden, aber die Binde in Emilios Gegenwart am liebsten verborgen hätten. Nachträglich sehe ich es klar: Wir brauchten ihn, weil er unser bester Mann war und dem Spiel unserer Mannschaft eine gewisse Brillanz gab; und er brauchte uns, weil er nicht allein Fußball spielen konnte. Und so ging es ein paar Jahre hindurch, in denen der Puma zu einem Sportler von ausgefallenen fußballerischen Gaben und undurchschaubarem Charakter heranwuchs. Jenseits des Platzes blieb er uns so fremd wie ein Chinese.

Gruppen überschätzen oft ihre eigene Bedeutung. Als die Schule uns ins Leben entließ, verschwand der Puma auch aus dem Verein, als hätte er nur darauf gewartet, die beiden engmaschigen Verbände seiner Jugend zurückzulassen. Viele Jahre später erfuhr ich, dass er den Fußball gleich nach dem Ende der Schule aufgegeben hatte. Ein Talent ging verloren, weil eine kleine Voraussetzung, eine bestimmte Resistenz, nicht vorhanden war: Emilio war offenbar unfähig gewesen, Kontakt mit neuen Mitspielern und Trainern zu knüpfen und auch nur das Mindeste von dem zu tun, was man in einem Sportverein nun einmal tun muss. Und so hörte er mit achtzehn Jahren einfach auf zu spielen. Wir, seine früheren

Kameraden, erfuhren von ihm so gut wie nichts mehr. Der eine oder andere traf Emilio zufällig in den frühen Morgenstunden in verrufenen Lokalen, aber nicht einmal das machte uns nachdenklich, wir sind ein fröhliches Land und lassen keine Feier aus. Erwachsenenvergnügungen hatten die Schülerhobbys ersetzt, das war alles, auch im Fall unseres früheren Mitschülers Emilio, den wir den Puma genannt hatten.

Bis ich ihn wiedersah, vergingen dreißig Jahre. In all der Zeit wusste ich nicht, wo der Puma lebte, was er tat, wovon er sich ernährte. Was uns betraf, die aus seinem Leben vollständig verschwunden waren, hätte er auf einem anderen Kontinent leben können.

Doch so war es nicht.

Eines Abends schlenderte ich durch Chamartín, auf der Suche nach einer Bar, um mir die Wartezeit zu verkürzen. Ich war zum Abendessen verabredet und zu früh gekommen. Es war Ende August, die Stadt hatte sich wieder mit gebräunten Menschen gefüllt, die nach dem Ende des Urlaubs dem Arbeitsalltag entgegensahen, aber der Straßenverkehr schien noch im Halbschlaf zu liegen. Alles ging langsamer, als wollte niemand den anderen mit übertriebenem Eifer beunruhigen. In der Nacht zuvor waren die Temperaturen gefallen. Scharfer Wind aus der Sierra vertrieb die unbewegte Luft der heißen Sommerwochen, die uns so lang vorgekommen waren, dass wir nicht mehr an das Nachlassen der Hitze geglaubt hatten. Doch dann genügte eine einzige Nacht, und eine neue Jahreszeit war angebrochen.

Ich betrat eine winzige, neonerleuchtete Bar und bestellte ein Bier. Irgendwann fiel mein Blick auf den Mann am anderen Ende des Tresens. Gerade schien er mich noch angesehen zu haben; jetzt nahm er eine Olive und steckte sie sich achtlos in den Mund. Er war stark übergewichtig und trug das hellblaue Hemd zwei Knöpfe geöffnet; aus dem Dschungel seiner behaarten Brust leuchtete eine schwere Goldkette hervor. Er kaute schnell und methodisch, trank von seinem Bier, setzte das Glas ab und sah zu mir herüber.

Es gibt Blicke, die einen körperlich beunruhigen, und der Blick dieses Mannes gehörte dazu. Ich schaute weg und nahm auch eine Olive. Aber ich spürte, dass der Mann seinen Blick nicht von mir abwandte. Als ich beim nächsten Mal hochschaute, sah ich in seinen Augen ein Flackern des Wiedererkennens, doch ich selbst blieb ratlos. Da glitt der Mann vom Hocker und kam langsam an mein Ende des Tresens. Ich sage »langsam«, weil es das war, was mir an ihm auffiel und seitdem unvergesslich ist. Sein Schritt war entschlossen, aber nicht eilig. In seinem Gesicht war ungewöhnlicher Ernst zu lesen, nichts weiter: kein Humor, keine Verbindlichkeit.

»Luis, erkennst du mich nicht?«

Sein Blick forschte in meinem Gesicht, als müsste er Indizien sammeln. Dabei war es umgekehrt. *Ich* musterte ihn und suchte nach etwas Bekanntem.

»Denk an unsere Mannschaft damals«, sagte er. »Denk an meine Pässe. Komm! So schnell ist die Erinnerung an unsere Welt verblasst?«

»Emilio? Der Puma?« Ich nannte seinen Namen, weil es nur diesen einen Namen gab, nicht, weil ich den Mann erkannt hätte. »Emilio! Wie geht es dir?«

Er streckte mir die Hand hin. Ein kurzer, herzlicher Druck.
Erst jetzt lächelte er. Sein schmales Gesicht war breit
geworden, die grünen Augen hatten sich weit hinter Falten
und Hauttaschen zurückgezogen. Auf seiner Stirn standen
Schweißperlen. Er hatte noch volles Haar, trug es aber kurz
geschnitten. Natürlich war auch die Stimme verändert, der
Gang, die Gestik. Mit wem hätte ich den schweren Mann, der
jetzt zum ersten Mal lächelte, vergleichen sollen? .

Bis heute weiß ich nicht, warum Emilio das Gespräch mit
mir suchte, wenn es nicht die Einsamkeit war. Finanziell ging
es ihm sehr gut, wie er mir zwei Tage später in einer brasilianischen Bar erzählte, in der wir uns zu einem späten Cocktail
verabredet hatten. Doch er wollte nicht lange von seinem Geschäft (Stahlindustrie) sprechen, ebenso wenig wie von seinen beiden Ehen (beide geschieden). Er wollte mit mir zusammen in die Vergangenheit reisen, um Fühlung mit dem
früheren Emilio aufzunehmen, dem Jungen, aus dem ein pro-
blematischer junger Mann wurde und der mit viel Glück die
Kurve bekam, um aus einem selbstzerstörerischen Leben aus-
zusteigen. All das sind nicht seine Worte, sondern meine;
»Selbstzerstörung«, der Begriff kam in Emilios Wortschatz
nicht vor, denn er hielt sich im Inneren für unantastbar, un-
verwüstlich. Das war in der Tat, wovon er mit mir sprechen
wollte: dem jungen Mann, der so anders gewesen zu sein
schien als der heutige erfolgreiche Geschäftsmann und der
doch viel mehr Züge mit ihm teilte, als der Blick von außen
enthüllte. Dafür brauchte er mich; niemand seiner heutigen
Bekannten konnte verstehen, woher er, Emilio, gekommen
war. Niemand wusste um sein Fußballtalent, sein Einzelgän-
gertum, seine Vergangenheit im Zocker- und Rotlichtmilieu.
Ich sagte ihm, auch ich wisse nicht das Geringste von seiner Vergangenheit im Zocker- und Rotlichtmilieu.
»Erzähle ich dir, Luis. Wir haben Zeit.«

»Du bist mir keine Rechenschaft schuldig«, sagte ich.

Eigentlich wollte ich ihm entgegnen: Wie kommst du darauf, dass mich deine Vergangenheit so brennend interessiert? Sollte er meine Abwehr gespürt haben, ließ er sich davon nicht beirren. Emilio wollte mir klarmachen, dass seine Vergangenheit unsere Vergangenheit war, »unsere gemeinsame Geschichte«, zumindest einige Jahre hindurch, in der Schule und im Verein.

»Wir waren zusammen«, sagte er. »Ich denke oft daran zurück.«

Und ich fragte mich: Meint er *uns*? Sich selbst und mich? Wir waren nicht zusammen. Wir haben nur in derselben Mannschaft gespielt und uns auf die Schulter geklopft, wenn wir ein Tor erzielten. Darüber hinaus verband uns nicht viel. Wir haben kaum ein Wort miteinander gewechselt, denn ich hatte Angst vor ihm. Seine grünen Augen kamen mir kalt und unberechenbar vor. Ich bewunderte ihn, wie es so viele taten, und ganz sicher habe ich lange Zeit um seine Aufmerksamkeit geworben. Aber als ich begriff, dass ich sie nie erringen würde, zog ich mich zurück, um vom Puma nicht verletzt zu werden.

»Hier, das wollte ich dir zeigen.« Er hielt mir ein Foto hin. »Erkennst du es?«

Es war ein Foto aus den frühen Siebzigerjahren. Es zeigte meine Eltern, meine Geschwister und unseren Hund. Im Hintergrund unser Haus. Vor vielen Jahren hatte ich diese gestellte Aufnahme einmal gesehen, aber so lange nicht mehr vor Augen gehabt, dass sie eine nostalgische Süße verströmte.

»Woher hast du das?«, fragte ich.

»Von dir«, sagte er und lächelte. »Das hast du mir geschenkt.«

»*Ich* soll dir dieses Foto geschenkt haben? Wieso?«

»Du wolltest dich bedanken.«

»Bedanken? Wofür?«

»Du erinnerst dich wirklich nicht«, sagte er.

Er war nicht verletzt, nur erstaunt über die sonderbare Gedächtnislücke seines ehemaligen Schulkameraden, der der »gemeinsamen Geschichte« all die Jahre hindurch offenbar weniger Bedeutung beigemessen hatte als er.

»Sag schon, Emilio. Wofür wollte ich mich bedanken? Ich kann mir einfach nicht vorstellen, wie dieses Foto in deine Hände kommt.«

»Einmal hat dich der gegnerische Mittelfeldmann umgesäbelt. Brutaler Bursche. Und du warst ein Leichtgewicht. Beim nächsten Eckball habe ich ihm in die Eier gehauen. Der Schiedsrichter hat nichts mitbekommen.«

»Was?«

»Mit dieser Faust.« Er lächelte scheu. »Als du gesehen hast, wie der Riesenkerl sich auf dem Boden krümmte, habe ich dir gesagt, wofür es war. Du hast mich so erstaunt angesehen wie jetzt.«

Es war, als ginge eine Tür auf, die in der Wand verborgen war. Diesen Luis, mich selbst, den jungen Fußballer, den der große Emilio mit einem Faustschlag gerächt hatte, kannte ich nicht. Ich fragte mich, wie viele Geheimtüren es in meinem Leben sonst noch gab.

Ich kann nicht mehr sagen, wer von uns damit anfing, von Emilios schwieriger Vergangenheit zu sprechen, ob ich ihm die Frage stellte oder er mir die Geschichte anbot. »Wir haben Zeit«, hatte er gesagt. Jetzt verstand ich, was er meinte. Zwar war es mir auch nach einer ganzen Stunde in der brasilianischen Bar nicht gelungen, den alten Emilio mit dem neuen zur Deckung zu bringen; die körperliche Veränderung war einfach zu groß. Doch dies war unzweifelhaft Emilio, ein Mann, der etwas teilen oder wiedergewinnen wollte. Vielleicht trifft es das Zweite besser: Um etwas wiederzugewinnen, musste er es teilen, und mit wem sollte er das tun außer mit einem Menschen, der ihn damals gekannt hatte?

Sobald mir das klar geworden war, wurde es leichter. Ich stellte fest, dass ich den neuen Emilio viel lieber mochte als den Jugendlichen, der er gewesen war. Ich entdeckte einen anderen Menschen, könnte man sagen, und schloss damit zu ihm auf, denn er hatte mir längst all die Sympathie entgegengebracht, von der ich mich fragte, womit ich sie verdient haben mochte. In seinen grünen Augen meinte ich das Glimmen einer schönen Erinnerung zu sehen, einer Erinnerung, die mich einschloss und in der ich wichtig für ihn gewesen war.

»Ich hatte keine Ahnung«, sagte ich. »Ich hatte keine Ahnung, wer du warst.«

»Ich wusste es selbst nicht, Luis. Ich sehe meine Fotos von damals, auch die Berichte in der Zeitung, weißt du noch? Wir haben wirklich viel gewonnen. Wir waren gut. Aber den Jungen auf diesen Bildern erkenne ich nicht wieder. Den Fußballer, ja. Den anderen nicht.«

»Warum hast du mit dem Fußball aufgehört?«

»Weiß ich nicht mehr«, sagte er. »Mir hat nichts gefehlt.«

»Und dann?«

»Es gab immer den ernsthaften Arbeiter in mir. Ich hab was gelernt. Bin für eine Stahlfirma gereist, hab mich hochgedient und dafür gesorgt, dass mich niemand überholt. Sonst wäre ich heute nicht da, wo ich bin. Aber daneben gab es noch einen zweiten Emilio. In den jungen Jahren, Luis. Ich red nur von den jungen Jahren. Wenn ich an die Zeit unter dreißig denke, frage ich mich, wie dieser Junge das durchgehalten hat. «

Ich sollte erwähnen, dass Emilios Blässe, seine feinen Züge und das kastanienbraune Haar ihm in der Jugend etwas Androgynes gaben. Wenn er das passende Gesicht dazu machte, sah er aus wie ein Engel. Die Hintergedanken, wenn er sie denn hatte, musste man in den grünen Augen erforschen. Aber darauf kamen die Leute nicht so leicht. Genauso wenig, wie sie seiner schmalen Gestalt die fußballerische Klasse zugetraut hatten, vermuteten sie hinter diesem sanften Äußeren böse Absichten. Ob sie tatsächlich »böse« waren, diese Absichten, oder nur verirrt und fehlgeleitet, wusste Emilio selbst nicht. Denn als er zu zocken begann und seine Nachtstunden in Klubs und Diskotheken verbrachte, schrieben ihm jene, die ihn kennenlernten, sehr bald einen besseren Charakter zu, als er sich selbst zugestehen mochte.

Diese Welt ist voller Blender und Lügner, sagten sie zu ihm. Aber du bist echt. Du redest nicht viel, aber man kann sich auf dich verlassen.

Das tat ihm gut. Abend für Abend, Nacht für Nacht trieb Emilio sich mit ziemlichem Gesindel herum, mit Spielern, Zuhältern, Drogenhändlern, und baute mit der Zeit den Ruf auf, »anders« zu sein. Irgendwann glaubte er es selbst. Er wurde bei seinen Unternehmungen ja weder arm noch reich. Er sagte sich, es sei nur »der äußere Emilio«, der dort bei Poker oder Blackjack am Spieltisch saß, hin und wieder ein Kokaintütchen in Empfang nahm und weitertrug, nur »der äußere Emilio«, der mit den Lateinamerikanerinnen an der Plaza de Cuzco einen Kaffee trank und sich von den Problemen erzählen ließ, die sie mit ihren Freiern hatten. Und wohin hätte er gehen sollen, um eine glaubwürdigere Welt zu finden? Er kannte keine glaubwürdigere Welt, er kannte nur wechselnde Umgebungen, vor denen er fliehen musste, weil sie ihn beengten. Er glaubte allerdings daran, dass tief in seinem Inneren ein anderer lebte, mit dem er manchmal Zwiesprache hielt. Er kultivierte eine undurchdringliche Miene, sodass niemand sah, was ihm gerade durch den Kopf ging, und nicht ein einziges Mal, so sagte er mir, hob er das Visier und ließ jemanden sein wahres Gesicht sehen.

»Oder doch. Einmal vielleicht. Ein einziges Mal. Aber davon erzähle ich dir gleich.«

So ging er als *ein* Mann durch die Gegend, fühlte sich aber wie zwei. Auf den Gedanken, das Schizophrenie zu nennen, kam er nicht. Emilio sah in seinem Zustand keine Krankheit, sondern ein unverrückbares Bewusstseinsbild, einen Teil seines Ich. »Ich war gesund, Luis. Davon bin ich überzeugt.« Wenn ihn wirklich etwas überraschte oder erschütterte, sprach er leise mit seinem Double im Inneren. Er sagte zum Beispiel: »Was für eine Welt. Jetzt fragst du dich, wie ich hier hineingeraten bin, stimmt's? Und du mit mir.« Oder er sagte: »Hast du gesehen? Wie erklärst du dir *das*?« Es muss wie ein langer Traum gewesen sein, weder ein guter noch ein schlechter, einfach ein Traum, dessen Farben sich mit dem Wechsel vom Tag zur Nacht veränderten.

»Nur damit du Bescheid weißt«, sagte er. »Jeden Morgen um neun Uhr saß ich an meinem Arbeitsplatz. Auch wenn ich in der Nacht davor bis sechs Uhr morgens gespielt hatte. Nach Hause fahren, duschen, frische Klamotten anziehen, das war immer Pflicht. Ich duldete keine Ausnahme.«

»Wie hast du das durchgehalten?«

»Ich war jung, Luis. Konnte einschlafen, wann immer ich wollte. Zehn Minuten im Stehen, und ich war wie ausgewechselt. Für den Rest gibt es Pillen.«

»Und wie bist du an die Mädchen geraten? Ich meine, du hast gespielt. Aber was hat das mit Prostitution zu tun?«

»Nichts. Außer der Nacht. Die Nacht ... verbindet vieles. Dass Menschen keine Schlafenszeit haben, dass etwas sie bis zur Erschöpfung durch die Straßen treibt.«

Im Lauf der Jahre fiel es Emilio immer schwerer, den Tag zu beenden und Wachheit gegen Schlaf einzutauschen. Die Nacht von Madrid wurde für ihn wie ein Raum, sie war das Element, in dem er es am ehesten aushielt, und so sprach er davon wie von einem Haus, in welchem er ein- und ausging. Es war keine Schlaflosigkeit wie bei anderen, die sich durch ständiges Aufbleiben oder Schichtdienst den Rhythmus zerstört hatten. Schlafen konnte er immer. Aber er wollte nicht mehr, die Vorstellung machte ihn unwillig und reizbar, denn er glaubte, während er schlafe, passierten die entscheidenden Dinge. Er wollte vorbereitet, er wollte anwesend sein.

»Am Ende muss ich gedacht haben: Wenn ich wach bleibe und nicht die Augen schließe, lerne ich irgendwann die Frau kennen, die mich hier rausholt.«

Er erzählte mir, er habe nur »mittelbar« etwas mit dem Rotlichtmilieu zu tun gehabt, er sei weder zu Prostituierten gegangen, noch habe er sie verkuppelt oder Geld von ihnen genommen. In der Welt des Sexgeschäfts sei er damit die große Ausnahme gewesen. »Na ja«, sagte er. »Glaub von mir, was du willst.«

Dann lieferte er mir Einzelheiten, und die Sache nahm eine andere Tönung an. Er hatte sich anheuern lassen. In einer Diskothek war dem Assistenten eines großen Madrider Bordellbesitzers aufgefallen, wie Emilio mit den Mädchen sprach, jungen Frauen, die mit knallengen Röcken, *tacones* und viel zu schwerem Parfüm in die Nacht gezogen waren, um etwas zu erleben. Emilio hatte eine beneidenswerte Gabe, mit diesen Mädchen ins Gespräch zu kommen, nicht nur wegen seiner Attraktivität, sondern weil er anders war. Er wirkte nie wie einer, der eine Masche hat, der es bei allen probiert und so weiter. Wenn er sie sanft an der Schulter fasste, als wolle er einen genau berechneten Druck ausüben und kein Milligramm mehr, empfanden sie Vertrauen, sie fühlten sich frei, erwachsen, niemand wollte sie drängen oder ihnen die Entscheidung aus der Hand nehmen. Emilio machte ihnen klar: Ich meine *dich* und niemanden sonst. Die langen Blicke aus seinen grünen Augen taten das Übrige.

Damals hatte er neben seinem schlecht bezahlten Tagesjob auch einen schlecht bezahlten Nachtjob. Emilio »vermittelte« in der Diskothek zwischen den Mädchen und den Drogenhändlern. Er selbst handelte nicht. Er kassierte auch keine feste Kommission, sondern nahm, was die Dealer ihm gaben, ihm lag daran, die Beziehung unverbindlich zu halten, denn mit seinem Double im Inneren sprach er öfter davon, dass er jederzeit aussteigen könne und im Grunde schon im Begriff sei, den Vorsatz in die Tat umzusetzen; dieses Wochenende wahrscheinlich, und wenn nicht dieses, dann das nächste oder übernächste, jedenfalls bald. Mal sehen. Es würde sich ergeben. Er war ja frei und ungebunden, er stand auf niemandes Lohnliste.

Jetzt also sollte sich das ändern. Der Assistent des Bordellbesitzers, der ihn unter den Lichtern der Diskothek hin- und hergleiten sah wie einen Fisch, hatte sein Auge auf ihn geworfen und unterbreitete ihm seinen Vorschlag: die Klientel zu behalten, aber die Branche zu wechseln. Was er denn so verdiene? Emilio zuckte die Schultern, um zu sagen: nicht der Rede wert.

Der Assistent dachte, sein Gegenüber wolle pokern.

Hör mal, sagte er, wir lassen mit uns reden. Der Chef nennt dir die endgültige Zahl. Jetzt will ich nur dein prinzipielles Interesse. Bist du prinzipiell interessiert?

»Ich habe diesen Satz noch heute im Ohr«, sagte Emilio. »›Bist du prinzipiell interessiert?‹«

»Und warst du? Prinzipiell interessiert?«

»Die Summe, die er mir nannte, um mir ›eine Orientierung zu geben‹, hat mich aus den Schuhen gehauen. Ja, sie weckte mein prinzipielles Interesse, das muss ich sagen. Mein Leben war nicht billig.«

In den Etablissements dieses Mannes, der eine Kette von städtischen Bordellen und Clubs an der Landstraße unterhielt, gab es eine hohe Fluktuation, erzählte mir Emilio. Ständig mussten neue Mädchen angeworben werden, oft wurden sie von einer Stadt zur anderen gereicht. Der Chef hatte ein System ersonnen, um jede Art Mädchen unterbringen zu können. Da gab es die Ungelernten, die Anspruchslosen, die Mädchen ohne Papiere. Sie wurden über das Land verteilt und mussten regelrecht beaufsichtigt werden, manchmal arbeiteten sie nur im Freien. Dann die Mittelklasse, die in den Durchschnittsläden arbeitete, absoluter Mainstream, aber durch Regelmäßigkeit und Masse eine ergiebige Erwerbsquelle. Die Jungen, Hübschen und Gebildeten dagegen stellten die erlesene Gruppe. Jung hieß unter dreißig, gebildet hieß, sie mussten lesen und schreiben können und darüber hinaus die Fähigkeit haben, eine Unterhaltung über gesellschaftliche Themen zu führen. Dafür mussten sie mindestens Spanisch sprechen, am besten auch Englisch, dann waren sie vielfältig einsetzbar. Die Rumäninnen, die nach ein paar Monaten fast akzentfrei Spanisch sprachen, hatten einen Vorteil, weil das Englisch der Spanierinnen meistens unbrauchbar war. So kämpfte jede Nationalität um ihre Chancen, die Russinnen, Moldawierinnen, Argentinierinnen, Nigerianerinnen, Senegalesinnen, es gab sogar Skandinavierinnen (seltene Exemplare, hinter denen sich meist eine längere Geschichte verbarg). Die Frauen der erlesenen Gruppe mussten wissen, wie die größte spanische Bank heißt und wer der neue Staatspräsident Boliviens ist. Vorzeigbare Mädchen, das war die Idee, Frauen, die man nach einer Woche Training in ein Abendkleid stecken und mit einem anspruchsvollen Kunden in ein teures Restaurant schicken konnte. Frauen für zweitausend Euro die Nacht. Das war die Idee.

»Aber mit diesem Teil des Geschäfts, dem Sortieren, der Vorauswahl, habe ich mich nie weiter beschäftigt«, sagte Emilio. »Meine Aufgabe bestand nur darin, die Mädchen anzuschieben.«

»Sie *was*?«

»Sie anzuschieben, den Kontakt zum Zuhälter herzustellen. Ihnen zu erklären, welche Möglichkeiten es in diesem Gewerbe gibt. Ich habe mich nicht um die gekümmert, die sowieso in dieses Geschäft wollten, sondern um die anderen. Den Nachwuchs, der noch ahnungslos ist. Meistens kennen sie den Beruf nur vom Hörensagen oder aus verzerrten Darstellungen.«

»Ich glaube nicht, dass es da etwas zu verzerren gibt«, sagte ich. »Die Mädchen gehen in diesem Milieu doch immer vor die Hunde.«

»Nicht alle, nein. Manche behaupten sich ganz gut. Und dann wieder ...« Er senkte den Blick und rieb mit dem Zeigefinger über seinen Bierdeckel, als störe ihn ein Fleck. Wir waren beim zweiten Gin Tonic. »Dazu muss ich dir nachher noch etwas erzählen«, sagte er. Seine Stimme klang traurig. »Nachher.« Er sah auf. »Die neuen Mädchen jedenfalls, ich kann dir sagen. Sie haben den Kopf voller Vorurteile. Oft wissen sie nicht, dass sie für ein paar Jahre ganz gern in diesem Beruf arbeiten würden, bevor sie sich einer anderen Sache widmen oder eine Familie gründen. Stell dir mal die Alternativen vor. Die eine arbeitet in einem niveauvollen Laden zu vernünftigen Bedingungen. Die andere als Friseuse in Lavapiés. Die Erste verdient das Zehn- bis Fünfzehnfache von der Zweiten. Wenn sie gut ist, das Dreißigfache. Und um diese Chance zu erkennen, müssen sie davon erfahren. Einen Kontakt bekommen. Sie müssen angeschoben werden, verstehst du? Mehr will ich nicht sagen. Ich habe sie angeschoben.«

Er sah vor sich hin wie jemand, der die Sache schon oft durchdacht hat und nichts Neues mehr an ihr entdeckt. Er fand aber, er müsse mir dazu etwas Grundsätzliches erklären. Ich müsse »ein zutreffendes Bild erhalten«, sonst wisse ich nicht, wovon er spreche. »Sie ist nicht immer leicht zu durchschauen, diese Welt. Sie kann sehr komplex sein.« Zum Beispiel die Art Menschen, die im Prostitutionsgewerbe arbeiteten. Es gab gute und schlechte und solche in der Mitte, wie unter Metzgern und Apothekern. Niemand glaube, dass alle Buchhändler gute Menschen seien, sagte er. Warum sollten alle Prostituierten schlechte Menschen sein? Einen Einwand aber musste er machen. »Es gibt nur zwei Gründe, warum ein Mädchen dort landete, wohin ich sie bekommen wollte. Wirklich nur zwei. Entweder war sie geldgierig. Oder sie war dumm.«

»Das verstehe ich nicht«, sagte ich. »Hast du die Mädchen nicht gerade verteidigt? Mir erzählt, es gebe unter ihnen gute Menschen?«

»Ja, natürlich. Ich kannte eine Menge netter Mädchen, anständige Mädchen mit dem Herzen auf dem richtigen Fleck. Ich sage doch, es ist komplex. Alles kommt darauf an, was deine Kriterien sind.«

Der Madrider Bordellunternehmer, für den er schließlich arbeitete, behandelte die Frauen halbwegs anständig. Unter den Besten von ihnen herrschte eine gewisse Solidarität, oft übernahmen sie Aufträge zu dritt oder viert, eine Privatparty für einen Geschäftsmann, Firmenveranstaltungen, ein Wochenende mit einem Ölmagnaten, da half es, wenn man sich mochte und respektierte. Je mehr Geld sie verdienten, desto eher konnten sie sich Rücksichtnahme leisten. Emilio fühlte sich unter diesen Menschen wohler als unter seinen Arbeitskollegen bei Tag. Es gab weniger Unausgesprochenes unter ihnen, erklärte er mir, die Geschäftsbedingungen waren klarer, und davon hatten alle etwas. Es gab Herzlichkeit, wenn nicht Freundschaft. Er selbst bekam von allem das Beste, weil er mit keinem der Mädchen schlief. Das verschaffte ihm Achtung. Ihm war der Gedanke unerträglich, dass er diese schönen Frauen mit anderen Männern teilen sollte, dass sie vor der Nacht mit ihm anderen zur Verfügung gestanden hatten und sich nach der Nacht mit ihm wieder mit anderen verabreden würden.

»Ich stach ab in dieser Umgebung, das sehe ich heute viel deutlicher. Die Leute griffen sich an den Kopf, dass ich es damit so genau nahm. Sie kapierten nicht, was in mir vorging. Das übliche Belohnungssystem, mit dem fast jeder Kerl herumzukriegen war, verfing bei mir nicht. Die schnelle Nummer, um einen Mann gewogen zu stimmen. Aber ich konnte nicht anders. Bis heute habe ich nie mit einem käuflichen Mädchen geschlafen. Es gab allerdings eine, die … Ich habe keine Worte dafür. Eine, die ich wirklich mochte. Alba. Ich war der Einzige, der sie mit ihrem wahren Namen ansprach. Für alle anderen war sie Vanesa.«

Er fuhr sich mit der Hand über die Augen. Ich wusste nicht, ob er müde war oder sich eine Träne wegwischen wollte.

»Alba war drei Jahre älter als ich und wollte aussteigen«, sagte er. »Nein, ich muss anders anfangen. Alba kam eines Abends zu mir. Sie mochte mich, wir hatten uns ein paarmal unterhalten, sie wusste, dass sie von mir nichts zu befürchten hatte. Sie steckte in Schwierigkeiten. Ihr Freund, ein Franzose, wollte sie in Madrid besuchen, wusste aber nicht, welcher Arbeit sie nachging. Manchmal flog sie zu ihm nach Paris und blieb übers Wochenende. Ihr Freund dachte, sie studiert Jura und bekommt noch Geld von ihren wohlhabenden Eltern. ›Was soll ich machen?‹, sagte Alba zu mir. ›Henri will eine Woche bleiben und meine Freunde kennenlernen. Ich kenne aber kaum jemanden außer dir und den Mädchen. Und Gonzalo.‹ Das war der Bordellunternehmer, ein jovialer älterer Typ. ›Um Himmels willen, Emilio, was mache ich jetzt?‹ Das war das erste Mal, dass ich mich mit einem der Mädchen zwei Stunden unterhielt.«

»Interessante Perspektive«, sagte ich. »Arbeitet als Callgirl in Madrid und hat einen Freund in Paris.«

»Das will ich dir gerade vermitteln. Es ist nicht so einfach. Diese Frauen haben ein kompliziertes Leben, aber Bedürfnisse wie jeder normale Mensch. Alba hatte sich nun mal in einen Franzosen verliebt. Einerseits war das sehr unpraktisch. Andererseits lag darin die einzige Möglichkeit, eine Beziehung zu führen. Siehst du, was ich meine? Kein Mann hätte ihre Arbeit akzeptiert. Also brauchte sie einen von außerhalb.«

»Emilio«, sagte ich. »Worauf willst du hinaus?«

Er sah mich schwermütig an. Der Mann, der vor mir saß, hatte ein altes Foto aufbewahrt, das mich im Kreis meiner Familie zeigte, er wollte etwas mit mir teilen, an dem er litt. Ich kann nicht behaupten, dass ich ihn verstand. Aber ich fühlte mich ihm nahe.

»Lass dir Zeit«, sagte ich. »Wollen wir noch einen Gin Tonic bestellen?«

»Ja.«

Dann sagte er nichts mehr, bis der Gin Tonic kam.

»Kennst du Chet Baker?«, begann er, als die Bedienung gegangen war. »Kennst du seine Geschichte?«

Ich schüttelte den Kopf.

»Ich rede nicht von seiner Trompete, seiner Stimme. Manche sagen, er hätte nicht singen sollen, er hatte doch die Trompete. Ach, jetzt rede ich Unfug. Ich weiß nicht mehr, was ich sagen wollte.«

»Was war mit Alba? Wie ging es weiter?«

Dass es überhaupt weiterging, war ein Wunder. Gonzalo, der Bordellunternehmer, erfuhr von Albas Notlage und ließ sich etwas einfallen. Er organisierte in seinem Privathaus zu Ehren Henris eine Party, gab sie aber als seine eigene Geburtstagsfeier aus. Was Gonzalo so gern dahinsagte – sie seien doch eine große Familie –, erwies sich als Wahrheit. Er lud seine teuersten Mädchen ein, alle züchtig gekleidet, und ein paar Freunde, die sich zu benehmen wussten, darunter Emilio, der im Anzug immer noch unschlagbar aussah. Und es ging gut. Henri war tief beeindruckt und mochte sich fragen, in welche Zauberwelt er da geraten war. Er staunte über das Niveau von Albas Freunden, über den Wohlstand, der so lässig vor ihm ausgebreitet wurde, und vor allem über den Zufall, dass alle diese Menschen persönlichen Charme mit blendendem Aussehen verbanden. Dieser Gonzalo musste ein wunderbarer, großzügiger Gastgeber sein, dass er so junge Freundinnen hatte! So etwas bekam Henri weder in Paris noch an der Côte d'Azur zu sehen. Spät am Abend lud Gonzalo seine Gäste ein, den Pool zu benutzen, das einzige Zugeständnis an die raffinierten Orgien, die auf diesem Anwesen schon stattgefunden hatten. Die Mädchen hatten ihre Bikinis mitgebracht und tummelten sich lachend und kreischend im Wasser, und der Mann, den sie buchstäblich entkleideten, damit er ihnen Gesellschaft leistete, war Emilio. Die anderen Männer hielten sich fern, wie es abgesprochen war.

»Eine ergreifende Geschichte«, sagte ich.

»Manchmal liegt die tiefere Wahrheit in der Täuschung.« Emilio wartete auf Zustimmung. »Gonzalo wollte Alba glücklich machen, er wollte nicht, dass ihr Lügengebäude zusammenbricht, und er tat alles dafür, es zu schmücken und seine Fundamente zu festigen. Er mochte sie mehr, als irgendeiner von uns gewusst hatte. Bis heute glaube ich, dass Gonzalo ein guter Mensch war.«

»Was ist aus ihm geworden?«

»Wahrscheinlich ist er in den Armen seiner Mädchen gestorben. Geld hatte für ihn nur noch relativen Wert.«

Der Abend in Gonzalos Märchenschloss hatte sich in

Emilios Gedächtnis gegraben. Er war, wie er sagte, das schönste Ereignis in all den Jahren, in denen er Mädchen anschob. Eine fast normale Festgesellschaft. Ein höheres Ziel: die Täuschung eines verliebten Mannes. Eine stilvolle Maskerade, denn niemand war, wer er zu sein vorgab. Emilio nahm die Atmosphäre auf wie ein Süchtiger, er sah wohl mehr darin als alle anderen, Heiterkeit, Rücksichtnahme, ein Theaterspiel, das nur inszeniert worden war, um einem Menschen zu helfen. Warum hatte er Vergleichbares nie bei Tageslicht in der Welt der Großraumbüros erlebt? Es war, was die Nacht von Madrid betrifft, der Augenblick seines höchsten Idealismus. Er sah wunderbare Menschen, die zwar davon lebten, ihre Körper zu vermieten, ihr Inneres jedoch nicht berühren ließen und jeder vornehmen Empfindung fähig blieben. An diesem Abend hätte er gesagt, sie seien seine Freunde. Selbst Gonzalo hätte er dazugerechnet.

Es muss an diesem Abend gewesen sein, dass er sich in Alba verliebte. Er sah ihre warmen Blicke, die nicht nur Henri galten, sondern ihnen allen, aber besonders ihm, dem sie zuallererst ihr Herz ausgeschüttet hatte und ohne den nichts von alldem möglich gewesen wäre, nichts. Emilio zweifelte nicht daran, dass Alba von diesen ungewöhnlichen Stunden genauso überwältigt war wie er, ja, dass sie und er dasselbe empfanden: Es möge Wahrheit sein, bleiben, sich verewigen. Sie sollten als Familie zusammenleben und füreinander da sein, Alba und Emilio als verliebtes Paar in der Mitte, die anderen als Hintergrund und Staffage. Seine Phantasie war so mächtig, dass Henri in diesem Bild kaum störte. Emilio sah über die sieben Tage hinaus, in denen Henri Madrid kennenlernen würde (die Altstadttour, die Prado-Tour), all das war nur dem Augenblick verhaftet, nicht der langen Dauer, die Emilio an diesem Abend in Albas Augen zu lesen glaubte, und er fragte sich, wer von beiden zuerst so etwas wie Liebe empfunden haben mochte, Alba oder er? Um sein neues Wissen nicht zu gefährden, beschloss er, wachsam zu sein, aber keinen unbedachten Schritt zu tun. Er wollte, dass Alba zuerst davon spräche, wie ihr gemeinsames Leben aussehen könnte. Und das hieß, sie musste den Entschluss fassen, ihr Gewerbe für immer hinter sich zu lassen. Emilio wusste, dass er Alba mit niemandem teilen könnte. Er würde sie erst berühren können, wenn sie frei war, ledig der Fesseln, die sie an das Geld reicher Geschäftsleute banden.

In jenen Tagen machte Emilio sich nur einen ungenauen Begriff davon, wie viel Geld Alba verdiente, ein Zeichen seiner Unschuld. Sie war am längsten von allen dabei, sie war Gonzalos Vertraute, ohne dass andere davon wussten, und wie weit ihre Freundschaft mit dem Chef reichte, hätte niemand genau sagen können. Für Alba galten Sonderkonditionen, nicht die offiziellen Höchsttarife des Hauses. Emilio erfuhr erst später, dass sie dafür Bericht erstattete und ihre Kolleginnen benotete, besonders jene, die erst kurze Zeit dabei waren. Ihre Dienstjahre berechtigten sie dazu, wählerisch zu sein. Sie bediente Freier mit Klasse, gern Stammkunden, die genau wie alle anderen bestrebt waren, die materielle Seite des Handels vergessen zu machen. Alles in allem betrachtet, war Alba die nützlichste Kraft der ganzen Firma, und entsprechend hoch waren ihre Einkünfte.

Nachdem die Feier in Gonzalos Haus eine Woche hinter ihnen lag und Henri wieder nach Paris zurückgekehrt war, kam Alba zu Emilio, um sich zu bedanken. Das war das Zeichen, auf das er gewartet hatte. Er betrachtete die Situation objektiv, als handelte es sich um eine Aktenmappe, die jemand auf seinen Schreibtisch gelegt hatte, er sagte sich: Wenn sie Andeutungen über ein anderes Leben macht, das sie sich vorstellen könnte, wenn sie vertraulicher wird als sonst oder irgendwelche Annäherungsversuche wagt, dann habe ich mich nicht getäuscht. Dann empfindet sie für mich dasselbe wie ich für sie. Aber bis dahin warte ich ab.

Albas Neuigkeit übertraf seine kühnsten Erwartungen. Am letzten Tag seines Madrid-Aufenthalts hatte sie sich von Henri getrennt. Sie setzte sich und fragte, ob Emilio Zeit habe. Sie brauche einen Menschen, der zuhören könne. Emilio nickte.

Und dann erzählte sie. So berauschend Alba die Feier in Gonzalos Haus gefunden hatte, sie hielt es plötzlich für falsch und verlogen, vor ihrem Freund so ein wichtiges Geheimnis zu haben. Es betraf ja jede Minute ihres Lebens. Sie hatte bereits ziemliche Mühe gehabt, Henri ihre luxuriöse Wohnung und das weiße Mercedes-Coupé zu erklären. Was ihre Eltern denn beruflich täten, fragte Henri, dass sie so unfassbar viel Geld hätten, um es kübelweise über ihrer Tochter auszuschütten? Henri blickte sich um und schöpfte Verdacht. Was er sah, konnte er keinem bestimmten Milieu zuordnen, das verwirrte ihn, und als er die Jura-Bücher näher untersuchte, die in Albas »Arbeitszimmer« aufgereiht waren, fand er sie ungelesen und ohne einen einzigen Bleistiftstrich. Es hatte geschehen müssen. So oder so.

Alba kam Henri zuvor und erklärte es ihm. Sie verteidigte sich nicht, sondern erzählte ihm von ihrem Beruf. Er durfte Fragen stellen, und sie wich ihnen nicht aus. In diesem Augenblick erweckte Henri nicht den Eindruck, als wollte er empört aufspringen und mit der nächsten Maschine aus Madrid fliehen. Er hörte ihr zu und schien nachzudenken. In den nächsten beiden Tagen sah es so aus, als könne er sich mit der neuen Situation arrangieren. Doch dann erkannte Alba, dass sie sich geirrt hatte. Henri begann, ausgefallenere Liebesspiele von ihr zu fordern. Er sah das als Teil seiner Belohnung an. Da er bereit war, es moralisch nicht so genau zu nehmen und seine männliche Eifersucht beiseitezulassen, glaubte er sich berechtigt, erotisch zu profitieren. Alba begriff, dass er sie erst recht zur Prostituierten machen wollte. Ihre Verliebtheit erlosch im selben Moment. Henri verwandelte sich von einem charmanten, etwas zerstreuten Franzosen in einen unverschämten Kunden, und mit diesen Leuten wollte Alba nichts mehr zu tun haben. Sie sagte Henri, er solle seinen Koffer packen und verschwinden. Und er verschwand.

»Wie sie es mir erzählte, Luis, sah ich eine andere Alba. Einen neuen Menschen. Ich hatte sie ja immer für viel ernsthafter gehalten als die anderen Mädchen, die ich kannte. Aber jetzt war es, als hätte die Erkenntnis sie körperlich mitgerissen. ›Emilio. Emilio‹, sagte sie. ›Was mache ich nur?‹ Das war eine sonderbare Frage, denn in diesem Augenblick musste sie gar nichts mehr machen, sie hatte ihren Franzosen ja vor die Tür gesetzt und das Abenteuer beendet. Aber der eine Schritt hatte ihr gezeigt, dass es noch andere gab, die sie gehen konnte. Sie sah mich mit einem Ausdruck an, den ich noch nie an ihr gesehen hatte. Ich spürte, dass sie von uns beiden sprach, von allem, was uns umgab, Gonzalo, die Freier, die Nacht von Madrid. ›Vielleicht ist es Zeit‹, sagte sie. ›Aber wer sagt einem, wann es Zeit ist? Woran erkenne ich, dass es Zeit ist?‹ Das wiederholte sie, ich weiß nicht, wie oft. Dass es ›Zeit ist‹. Sie sah mich an, als wollte sie ein Licht bis auf den Grund meiner Seele werfen. Ich übertreibe nicht, Luis. Alba konnte etwas Tiefes, Leidvolles ausstrahlen, und das war unsere Lage, das war der Augenblick. ›Hilf mir, Emilio‹, sagte sie, und ich wünschte, ich hätte den Sekundenzeiger anhalten können, so innig und … klein und schutzlos klangen diese Worte. ›Ich bin bei dir‹, sagte ich. ›Ich gehe nicht weg, Alba. Wir gehen, wohin du willst.‹ Sie umarmte mich und legte mir den Kopf auf die Schulter. Ich hielt sie fest, als sie lautlos weinte, aber warum sie weinte, wem oder welcher Sache ihre Tränen galten, wusste ich nicht, und ganz sicher wollte sie es mir nicht verraten. Ich spürte ihre Schultern unter meinen Händen, ich werde sie nie vergessen, diese Schultern, wie ein Zittern durch sie ging, als es zu Ende war. Ich sagte: ›Es ist gut, alles wird gut.‹ In diesem Augenblick fühlte ich mich stark, ich sah mich zum ersten Mal als einen, der die Richtung kennt, nicht wie einen, der von den Umständen mitgezerrt wird. Die Nacht konnte es nicht mit mir aufnehmen. Niemand konnte es mit mir aufnehmen. Ich fühlte mich wie der einzige freie Mensch unter Sklaven.«

Emilio gestand mir, dass er keine Ahnung hatte, wie man aus diesem Gewerbe aussteigt. Doch Alba war es ernst, und ohne dass die beiden viel mehr beredet hätten, ging sie daran, ihren Rückzug vorzubereiten. Sie zählte auf seine Hilfe. Möglicherweise gefiel ihr auch die Vorstellung, ihren Abschied »in Begleitung« zu vollziehen. Über ihre komfortable finanzielle Lage sagte sie ihm nichts Genaues, es war nicht nötig, Emilio machte sich keine Sorgen, schon gar nicht um den Lebensunterhalt. Er wollte nur, dass er sie mit niemandem teilen musste.

Sie müssen sich mit Blicken und Gesten verständigt haben. Emilio versuchte, es mir zu beschreiben, aber es gelang ihm nicht. Da war ein Schweigen voller Worte zwischen ihnen, eine Stille wie ein Versprechen. Alba würde wieder sich selbst gehören. Sie hat genug, dachte Emilio, sie ist bereit, meine Frau zu werden. So erklärte er es sich. Ob Alba die Reichweite seiner Hoffnungen ahnte, konnte er mir nicht sagen. Zu diesem Zeitpunkt war es ihm egal, sein Selbstvertrauen war unerschütterlich. Die Nacht von Madrid konnte es nicht mit ihm aufnehmen.

Das Auto, sagte er sich dann, und er fragte Alba danach.

Hängst du an dem Auto? Du könntest es verkaufen. Oder willst du im Mercedes-Coupé durch Madrid zischen?

Sie habe auch schon daran gedacht, sagte Alba. Weg mit dem Auto. Und sie setzte eine Annonce in die Zeitung.

Emilio war nicht da, als der erste Kaufinteressent sich meldete und sagte, er wolle vorbeikommen, um sich den Wagen anzusehen. Sie vereinbarten eine frühe Abendstunde in Albas Wohnung. Lucía, eine Freundin Albas, war noch nicht aufgebrochen, als der Mann in Begleitung einer Frau auftauchte, seiner Freundin, wie sich herausstellte. Später hieß es, die Frau habe von den Plänen des Mannes nichts gewusst, aber diese Behauptung lässt sich nicht belegen.

Das Mercedes-Coupé gefiel dem Mann, es war genau, was er gesucht hatte. Über den Preis wollte er nicht verhandeln, den fand er in Ordnung. Ob man das Geschäft nicht mit einem Schluck Champagner begießen solle? Alba bat Lucía, hinunterzugehen und in der Bodega eine Flasche zu kaufen. Für das Folgende gibt es nur noch die Aussagen des Paares, doch die Einzelheiten spielen keine Rolle. Der Mann wartete ab, bis Lucía die Wohnung verlassen hatte. Dann tötete er Alba mit einem Schuss in den Kopf, nahm den Schlüssel, die Wagenpapiere und verschwand mit dem Mercedes-Coupé.

Nachdem die Polizei ihn am nächsten Tag an der spanisch-französischen Grenze festgenommen hatte, erfuhren Gonzalo und die Mädchen, was sich herausfinden ließ. Der Mann hatte vierzehn Jahre in der Fremdenlegion gedient, immer auf der Suche nach einem schmutzigen Krieg, und irgendwann beschlossen, ein neues Leben zu beginnen. Er hatte sich reich geplündert, der Himmel wusste, in welchen Ländern. Albas Auto, so gab seine Freundin zu Protokoll, habe es dem Mann gleich angetan. »Elegant und sehr gepflegt.« Das sei der Stil, den er sich vorgestellt habe.

»Ich habe die Geschichte hin- und hergewendet«, sagte Emilio. »Immer und immer wieder. Ich fragte mich, ob ich aus Albas Tod etwas lernen sollte.«

»Mit dem Mord hattest du nichts zu tun«, sagte ich.

»Hörst du mir zu? Es war meine Idee, den Mercedes zu verkaufen. Was hatte ich mich da einzumischen? Herrgott! Es war ihr Auto, ihr Leben. Sie war viel besser darin, Entscheidungen zu fällen.«

»Besser als du, willst du sagen?«

»Ja, besser als ich. Wenn ich zurückschaue, sehe ich ein treibendes Stück Holz. Das war ich. Sie dagegen …« Er legte mir die Hand auf den Arm. »Sie war anders.«

Ich nickte und winkte der Bedienung.

»Aber wie ich schon sagte, die Nacht konnte mir nichts mehr anhaben. Ich war der einzige freie Mensch unter Sklaven.«

Während ich zahlte, kamen mir Bilder des Pumas in den Sinn, wie er mit unübertroffener Eleganz einen schwierigen Ball annahm.

»Du hast mich sofort erkannt«, sagte ich, als ich die Tür zur Straße aufstieß.

Er ging langsam, mit schweren Schritten, als wäre er nie der Puma gewesen.

»Ich habe nichts vergessen.« Er lächelte, so dass seine Augen fast verschwanden. »Ich wusste, dass ich dir eines Tages davon erzählen würde. Nicht alles, nur den wichtigsten Teil. Es ist bis heute der wichtigste Teil für mich geblieben. Wer hätte gedacht, dass er mit den Jahren immer schwerer wiegt?«

Wir gingen durch ein paar Seitenstraßen, bis wir auf die Príncipe de Vergara kamen.

»Warte«, sagte er. »Das wollte ich dir vorher erzählen. Sie haben ihm die Zähne ausgeschlagen, wusstest du das? Chet

Baker? Ich kenne die genauen Umstände nicht mehr. Irgendwann ließ er sich ein Gebiss machen und spielte mit den neuen Zähnen seine besten Konzerte. Als er längst von Drogen zerfressen war und aussah wie ein Greis. Er musste jahrelang dafür üben. Die Vorderzähne sind wichtig, wenn du Trompete spielst. Manchmal …« Er fasste mich am Arm und hielt mich fest, als könnte ich auf den Gedanken kommen wegzulaufen. »Manchmal hört man es klacken, das verdammte Gebiss. Auf den Aufnahmen. Kannst du dir das vorstellen?«

Eine Art Rettung

»Flughafen«, sagte Vicente, als er in der Abenddämmerung am Paseo del Prado ins Taxi stieg. »Terminal drei.«

Immer, wenn er auf den Rücksitz sank, um sich von anderen Leuten fahren zu lassen, fühlte Vicente sich unter Beobachtung. Nicht durch den Fahrer, sondern durch ein unsichtbares Publikum, das alle seine Reisen zu begleiten schien, um sich über sein Verhalten eine Meinung zu bilden. Vicente empfand die Beobachtung wie die Blicke vieler konkreter Augenpaare. Was sagte seine Körpersprache? Wirkte er als Reisender souverän? Sah er aus wie ein Mann, dem bald ein Karrieresprung zuzutrauen war?

Vicente erinnerte sich daran, wie er vor seiner Trennung von Cristina von seinen Kurzreisen nach Hause zurückgekehrt war. Aus irgendeinem Grund, den er sich nicht erklären konnte, hatte sie ihn nie gefragt, wie es in Bilbao, Sevilla oder Barcelona gelaufen war. »Alles okay?«, hatte sie gerufen, während er im Flur die Jacke aufhängte, und sich dann den praktischen Fragen des Willkommensprotokolls zugewandt. »Möchtest du ein Bier? Oder lieber Wein? Ich habe dir ein paar Scheiben Käse aufgeschnitten.«

Er bat den Taxifahrer, das Radio leiser zu drehen.

Eines Tages, sagte sich Vicente, wenn er es geschafft hätte, würden er und Cristina sich zufällig in einem teuren Restaurant wiedersehen, sie mit einer Gruppe Freundinnen, er in

Gesellschaft wichtiger Geschäftspartner, und sie würde erkennen, dass es ein Fehler gewesen war, sich von ihm zu trennen. Er war fest davon überzeugt.

Er bat den Taxifahrer noch einmal, das Radio leiser zu drehen. Doch der wuchtige Mann im gelben Polohemd, mit kleinen dunklen Augen und kurz geschnittenem Haar, das die Würfelform seines Schädels betonte, schien ihn nicht zu hören. Mit plärrendem Radio näherten sie sich der Hauptpost.

»Würden Sie die O'Donnell nehmen? Wir sollten uns den Stadtverkehr ersparen.«

Der Taxifahrer fuhr geradeaus weiter.

»Warum hören Sie nicht?«, rief Vicente. »Jetzt müssen wir durch die Stadt! Welchen Weg fahren wir überhaupt?«

»Den schnellsten«, sagte der Taxifahrer. »Auf der M-40 hat's gekracht. Also gehen wir durch die Mitte.«

»Aber wir hätten zum Retiro und von dort auf die Velázquez fahren können. Wir wollen doch zum Tunnel.«

Cristina hatte ihm oft gesagt, dass seine Diskussionen mit Kellnern und Taxifahrern nicht der Sache dienten, sondern nur sein Ego befriedigten: dabei zu sein, wenn Entscheidungen gefällt werden.

»Hier ist es besser«, brummte der Taxifahrer, jagte auf der Außenspur des Paseo de Recoletos entlang und bog schwungvoll ab, ohne die auf Rot gesprungene Ampel zu beachten. Im Nu kreuzte das Taxi die Serrano, dann weiter zur Velázquez, dort ein großzügiger Linksschwenk, und sie lagen wieder im Rennen. Vicente erkannte, dass es der schnellere Weg gewesen war. Er lehnte sich zurück. Links und rechts zischten Schaufenster vorbei. Das Taxi war in die Mitte der vierspurigen Straße geglitten und fuhr neunzig.

»Würden Sie bitte etwas langsamer fahren?«

Doch der Taxifahrer schien darauf aus zu sein, noch

schneller zu fahren, und Vicente beschloss, ruhig zu bleiben. Während das mulmige Gefühl in seiner Magengegend wuchs, beobachtete er den Taxifahrer, der seltsam zusammengekauert am Steuer saß, als dächte er über ein ärgerliches Ereignis nach. Vicente musste sich recken, um im Rückspiegel die missmutig nach unten gezogenen Augenbrauen zu sehen. Er legte die Hand auf seinen Aktenkoffer, um das Schlingern des Taxis auszugleichen. Noch eine Ampel, und sie würden in den Tunnel einfahren. In der scharfen Rechtskurve musste der Taxifahrer das Tempo verringern, es ging gar nicht anders.

In der nächsten Sekunde machte der Wagen eine Vollbremsung, und Vicente schaffte es gerade noch, den Arm hochzureißen. Das Taxi stand. Vicente war halb vom Sitz gerutscht und klammerte sich mit der Hand an den Vordersitz. Im Halbdunkel des Tunnels sah er Warnblinklichter.

»Da sehen Sie, was Sie davon haben. Ich hätte mir die Nase brechen können.«

Der Taxifahrer schwieg.

»Warum stehen die hier überhaupt?« Vicente versuchte zu erkennen, was den Stau verursachte. Aus dem Rückspiegel traf ihn ein verachtungsvoller Blick. Der Taxifahrer nutzte eine Lücke auf der linken Spur und beschleunigte, musste aber gleich wieder bremsen. Er drängelte sich in die rechte Spur zurück. Jetzt standen sie wieder.

»Seien Sie froh, dass Sie einen Anzug tragen und sich ein Taxi leisten können«, sagte der Taxifahrer. »Was glauben Sie, w–«

Der Taxifahrer brach ab. Die Beifahrertür war geöffnet worden, aber leise, darüber wunderte sich Vicente später immer wieder. Bevor er ein anderes Geräusch registrierte, hörte er die helle Stimme.

»Geld her, sofort. Du da auch! Und die Tasche!«

Die Stimme eines Jungen, ein Leichtgewicht, kaum ernst zu nehmen, dachte Vicente, bis er den Nacken des Taxifahrers sah, aus dessen Bewegungen alles Kämpferische verschwunden war. Da wusste er, dass der Junge mit dem blauen Helm, der die Beifahrertür geöffnet hatte, eine Pistole hielt. Aus dem Augenwinkel sah er rechts das Motorrad, das sich zwischen Auto und Wand geschoben hatte, am Lenker ein weiterer Junge, der auch einen blauen Helm trug. Die Augen blickten ausdruckslos. Vicente sah so tief in sie hinein, wie es das trübe Licht des Tunnels zuließ.

»Bist du taub, Arschloch!« Der Junge mit der Pistole meinte ihn. »Tempo, Tempo!«

»Tun Sie, was er sagt«, sagte der Taxifahrer und beugte sich mit übertriebenem Ächzen nach unten, als wollte er versteckte Geldscheine ans Licht holen.

»Lass die Pfoten oben, hörst du?« Der Junge klang hektisch. »Tempo, Tempo!«

Was dann geschah, fand Vicente auch später noch unglaublich. Der Taxifahrer, der sich nach den Kommandos des Jungen langsam aufgerichtet hatte, fuhr scharf an. Er musste geahnt haben, dass sie vorn wieder ein paar Meter Platz hatten, also trat er aufs Gaspedal und ließ die Kupplung springen. Der Junge, der sich auf den Beifahrersitz gestützt hatte, kippte nach draußen.

»Kopf runter!«, sagte der Taxifahrer, bremste, um nicht auf den Vordermann aufzufahren, legte den Rückwärtsgang ein und rammte mit dem Heck das Motorrad hinter ihnen. Es knirschte, ein Aufschrei war zu hören, gefolgt von Fluchen und Stöhnen. Der Taxifahrer setzte wieder nach vorn, bis dicht an die Stoßstange des Vordermanns. Vicentes Hand suchte nach dem Türknopf.

Der Junge mit der Pistole stand wankend da und zögerte. Links neben ihnen begannen Autos anzurollen. Das Manöver des Taxifahrers hatte den Jungen erschreckt. Er musste seinem Komplizen helfen, der unter dem Motorrad lag und immer noch schrie, und wedelte mit der nutzlosen Waffe in seiner Hand.

»Bleiben Sie unten!«, sagte der Taxifahrer.

Doch Vicente musste hinschauen. Als wäre es ein Film, der die entscheidende Szene erreicht hat, in der sich die Hauptfigur bewährt oder ein für alle Mal scheitert, behielt Vicente den Kopf oben und beobachtete den Jungen, der sich immer noch nicht entschließen konnte, seinem Komplizen zu helfen, sondern über etwas Wichtiges nachzudenken schien. Hinter ihnen hupte jemand, dann noch einer. Ein roter Sportwagen machte einen ungeduldigen Schwenk und zog auf die Nebenspur, wo es nun wieder vorwärts ging. Andere taten es ihm nach. Vicente wusste, was das bedeutete. Sie galten als Unfall. Jemand hatte den anderen gerammt, ausgerechnet im Tunnel.

Plötzlich zogen auf der Nebenspur so viele Autos an ihnen vorbei, dass der Taxifahrer keine Chance hatte, den Überraschungseffekt auszunutzen. Eine ruckartige Bewegung mit dem blauen Helm, dann sprang der Junge nach vorn, riss die Beifahrertür wieder auf und richtete die Pistole abermals auf den Körper des Taxifahrers.

»Ich bring dich um, Arschloch, ich mach dich so fertig, dass dich deine Mutter nicht wiedererkennt! Aber erst die Kohle, verdammt! Du auch! Tempo!«

Später sah Vicente, womit der Taxifahrer den Jungen außer Gefecht setzte: das Lenkradschloss, ein schweres Ding aus Metall. Ein wuchtiger Schlag auf die Hand, die die Pistole hielt. Dann war der Taxifahrer hinübergerutscht, um dem Jungen mit der Linken einen Fausthieb zu versetzen und ihn aus dem Auto zu drängen. Der Taxifahrer brachte seine Arbeit aber nicht zu Ende, denn er sah kurz nach vorn, als sich die Autos in seiner Spur endlich in Bewegung setzten, und fuhr an. Den Jungen, der halb im Wagen, halb draußen hing, schleifte er ein paar Meter mit. Dann bremste er, schlug mit der Faust einmal, zweimal gegen den Helm, so dass der Körper nach draußen kippte, und langte nach dem Griff der Beifahrertür.

»Mir reicht's«, sagte der Taxifahrer und schwang sich mit einer Behändigkeit, die Vicente ihm nicht zugetraut hätte, in den Fahrersitz zurück. Dann gab er Gas und nutzte eine Lücke, um sich in die Nebenspur zu fädeln.

Vicente warf sich auf dem Rücksitz herum. Hinter ihm, rasch kleiner werdend, lagen im trüben Licht des Tunnels zwei behelmte Wesen auf dem dunklen Asphalt, die Beine des einen schauten unter einem umgestürzten Motorrad hervor. Autos, die von hinten kamen, machten einen Bogen um den Unfall. Eine Ameisenstraße, dachte Vicente, bevor das Taxi Geschwindigkeit aufnahm.

Als rechts das Messegelände auftauchte, sagte Vicente: »Gibt's so etwas öfter?« Er versuchte, entspannt zu klingen.

»Was?«

»Überfälle.«

»Idioten sterben nicht aus«, sagte der Taxifahrer.

»Mit richtigen Waffen?«

»Ich sage doch, Idioten sterben nicht aus.«

»Es hätte klappen können«, begann Vicente wieder. Er sah nach draußen und stellte sich vor, Cristina hätte die Szene an seiner Seite miterlebt und würde nun ihren Kopf auf seine Schulter legen. »Mit dem Motorrad wären die beiden sofort weg gewesen.« Eine Welle von Dankbarkeit erfasste ihn. Er hatte Lust, sich nach vorn zu beugen und dem Mann auf die Schulter zu klopfen. »Wenn Sie nicht so schnell reagiert hätten ...«

Er ließ den Kopf zurücksinken, schloss die Augen und

fühlte sich philosophisch. Dann öffnete er sie und fand die Welt verändert. »Ein Zentimeter«, sagte er halblaut. »Drei Sekunden. Ein Nichts liegt zwischen dem Geschehenen und dem Nichtgeschehenen. Nur eine winzige Kleinigkeit, und ich säße nicht mehr hier.« In der Seitenscheibe studierte er den Gesichtsausdruck seines Spiegelbildes.

»Idioten sehen nicht hin«, sagte der Taxifahrer. »Weil Idioten nur aufs Geld gucken. Denken vielleicht, sie hätten eine frisch geföhnte Dame aus Salamanca vor sich. Sehe ich etwa wie eine frisch geföhnte Dame aus Salamanca aus?«

»Nicht direkt«, sagte Vicente. Er lachte auf.

»Eben«, sagte der Taxifahrer.

»Hätten wir nicht die Polizei rufen müssen? Anzeige erstatten?«

»Klar.«

Sie nahmen die Abfahrt zum Flughafen. »Sie sind wohl schon öfter überfallen worden?«

»Was glauben Sie denn?« Der Taxifahrer schnaubte. »Man arbeitet vierzehn Stunden am Tag, aber das ist nicht genug. Man wird auch noch beschimpft und betrogen. Es ist zum Kotzen. Ich hätte beim Autolackieren bleiben sollen, auch wenn mir das Zeug auf die Lunge gegangen ist. Hab erst vorletztes Jahr gewechselt.«

»Vorletztes Jahr«, sagte Vicente.

»Das Taxi gehörte einem Kumpel, aber seine Gesundheit machte nicht mehr mit. Also dachte ich, versuche ich es mal. He, bist du blind?« Der Taxifahrer schickte einen Fluch und ein entrüstetes Armschwenken auf die linke Fahrbahn hinüber.

»Gleich haben wir es geschafft«, sagte Vicente.

»Sie«, sagte der Taxifahrer. »Ich nicht. Ich fahre bis drei Uhr morgens. Wissen Sie, was die beschissene Lizenz heute kostet?«

»Keine Ahnung.«

»Raten Sie.«

»Wirklich, ich habe keine Ahnung.«

»Jetzt raten Sie schon!«

»Sagen wir ... zehntausend Euro?«

»Wollen Sie mich auf den Arm nehmen?«

»Wie viel denn?«

»Verdammt, jetzt raten Sie, aber ernsthaft! Ich bin nicht zu Witzen aufgelegt.«

»Fünfzig ... Nein, warten Sie. Siebzig.« Vicente lachte künstlich. »Letztes Angebot. Siebzigtausend Euro!«

Der Taxifahrer blieb ernst. »Hundertfünfzigtausend Euro. Das müssen Sie sich auf der Zunge zergehen lassen. Damals, als mein Bruder damit angefangen hat, war es noch ein Drittel. Der lacht sich noch heute kaputt. Sehen Sie mich an. Hundertfünfzigtausend Euro. Wissen Sie, wie lange einer braucht, um das abzuzahlen?«

»Ich habe keine Ahnung.«

»Fünfundzwanzig Jahre, wenn es gut läuft. Hängt davon ab, wie lange der Motor mitmacht. Wie lange das Herz mitmacht. Alles Maschinen, die funktionieren müssen.«

»Ich hatte ja gar k-«

»Ich sag Ihnen was. In ganz Madrid finden Sie niemanden, den Sie so leicht melken können wie Taxifahrer. Wir sind die Blödmänner vom Dienst. Mein Bruder sieht das anders, der trabt mit Scheuklappen durch die Welt und grinst dazu. Sagt mir, Taxifahren bereichert die Menschenkenntnis. Haben Sie schon mal so einen Blödsinn gehört? Na ja, das Licht des Verstandes ist ungleich verteilt.«

»Haben Sie Familie? Kinder?«

»Wovon denn? Zeigen Sie mir die Frau, die sich mit meinem Einkommen zufriedengibt. Bitte. Wenn sie zwei Beine und zwei Titten hat, nehme ich sie. Aber sofort.«

»Ich hatte ja gar keine Ahnung …«

»Das sagen sie alle. Auch die Politiker. Sie sollten deren Gesichter sehen, wenn sie mit uns reden. Kommt ja nicht so oft vor, dass die hohen Herren sich dazu herablassen, Politiker haben schließlich ihre Chauffeure. Aber wenn sie mit einem von uns reden müssen, solche Gesichter haben Sie noch nicht gesehen.« Der Taxifahrer glitt in eine Haltebucht. »So, da wären wir. Quittung?«

»Bitte«, sagte Vicente. Er schaute nach draußen. Reisende zogen graue Rollkoffer hinter sich her. Demnächst wollte er sich einen eleganten Vierrollenkoffer zulegen. »Sagen Sie, wie heißen Sie überhaupt?«

»Andy García.«

Vicente lachte auf. »Sehr witzig. Andrés García?«

»Andy García.«

»Gut, Andy García. Würden Sie hundert Euro annehmen? Als Dankeschön?«

»Ihre Rettung ist Ihnen also hundert Euro wert.«

Zum ersten Mal drehte sich der Mann im gelben Polohemd halb zu ihm um, so dass Vicente ihm ins Gesicht sehen konnte. Der Taxifahrer war älter, als er von hinten wirkte. Das kurze Haar hatte weiße Fäden, und um die Augen legte sich ein Kranz tiefer Falten.

»Ich hab mich das gefragt, wissen Sie. Ich hab mir gesagt, mal sehen, was dem Herrn mit dem feinen Anzug seine Rettung wert ist. Und ich habe ungefähr richtig gelegen.«

Vicente hatte einen trockenen Mund. »Worauf haben Sie denn getippt?«

»Hundertfünfzig, um genau zu sein«, sagte Andy García. »Was spielen fünfzig Euro schon für eine Rolle? Wenn man sie hat?«

»Wären Sie mit hundertfünfzig Euro einverstanden?«

»Meinen Sie, ob ich damit einverstanden bin? Oder ob ich mich darüber freue? Das ist nicht dasselbe.«

»In Ordnung, Andy García. Sagen Sie mir, worüber Sie sich freuen würden.«

»Hier ist erst mal Ihre Quittung, damit wir das nicht vergessen. Eine Flughafenfahrt ... plus fünf Euro Zuschlag. Macht 27 Euro 50. Kleine Verzögerung im Tunnel, ich bitte um Entschuldigung. Wenn Sie es vielleicht passend hätten?«

»Hier sind dreißig. Behalten Sie den Rest.«

»Fein. Das wäre erledigt.« Die kleinen, dunklen Augen ruhten ausdruckslos auf Vicentes Gesicht. »Freuen würden mich fünfhundert Euro. Wenn Sie es wissen wollen.«

Vicente kramte in seiner Brieftasche. »Ich habe noch ... knapp dreihundert. Hier.«

Ein kurzes Blinzeln. Die große Faust schloss sich um die Scheine. »Passen Sie auf sich auf.«

Nachbemerkung

Die meisten der hier gesammelten Stories entstanden im Sommer und Herbst 2012. Einige aber reichen fast ein Jahrzehnt zurück, in die Zeit vor meinen Romanen *Warum du mich verlassen hast* (2006) und *Die romantischen Jahre* (2011). Ich danke denen, die vier dieser zehn Erzählungen in früheren Fassungen veröffentlicht haben. »Ein Kind« erschien unter dem Titel »Lass mich an deiner Seite sein« erstmals in der Literaturzeitschrift *Akzente* (Heft 2, April 2004), ebenso wie »Über die Mädchen von Havanna« (Heft 1, Januar 2005), damals betitelt »Gespräch über die Mädchen von Havanna«. »Eine Art Rettung« erschien am 28. April 2012, überschrieben »Die Rettung«, in der Beilage »Feuilleton live« der *Frankfurter Allgemeinen Zeitung*. Und »Es wird nicht lange dauern«, gelesen vom Autor, wurde am 5. Januar 2013 vom *Norddeutschen Rundfunk* gesendet.

P. I.

Inhalt